# Un melocotón con piel de plátano

SONIA ARRANZ MORENO

**KOLIMA BOOKS**

Título original: *Un melocotón con piel de plátano*

Primera edición: Enero 2017

© 2017  Editorial Kolima, Madrid

*www.editorialkolima.com*

Autora: Sonia Arranz Moreno
Dirección editorial: Marta Prieto Asirón
Maquetación de cubierta: Sergio Santos Palmero
Maquetación: Rocío Aguilar Bermúdez

ISBN: 978-84-16364-92-3

*La vida solo se puede comprender mirando hacia atrás, pero solo se puede vivir mirando hacia delante.*

Søren Aabye Kierkegaard

# I

Eran las cinco y media de la mañana y Clara esperaba su turno fuera del baño, cepillándose las ondas color sombra. Justo había entrado el primero, empujándola contra la pared al pasar. Sintió un leve dolor en el hombro pero no le dijo nada. Martín llegó después y entró también antes que ella. Al menos había sido la tercera, pensó; a su hermano Gonzalo, que era el séptimo, aún le quedaba una hora y media, como mínimo.

Pero Gonzalo dormía junto a Maribel, Piedad y Jimena, mientras su madre les preparaba a los mayores el almuerzo para el trabajo. Una vez más, se arrepentía de no haber seguido estudiando. Desde los quince años no había vuelto a despertarse más tarde de las seis.

Por fin salió su hermano y pudo entrar a lavarse la cara. Se cardó la melena y se la recogió en un moño. Gracias a esa moda no dedicaba más de veinte minutos a su aspecto; de lo contrario, tendría que plancharse el pelo.

Su padre y sus hermanos salieron juntos como todas las mañanas. Clara cogió el bocadillo de boquerones fritos que su madre había dejado sobre la mesa y se marchó corriendo.

El tranvía azul pasó como siempre, lleno, y tuvo que empujar para subir. Ninguna cara se encontraba con otra directamente. Todos miraban hacia fuera a través de las ventanas empañadas por los alientos abrigados para el frío. El tranvía frenó y Clara pudo asirse a la barra a tiempo. Observó que era la única mujer que podía ver la coronilla de las cabezas de su alrededor y se encorvó. Un año antes no se hubiera atrevido a levantar el brazo. Entonces trabajaba como aprendiza en un taller de alta costura. Llevaba las prendas de un lado a otro de Madrid. A veces se quedaba con el dinero del autobús o del tranvía y hacía el recorrido corriendo. Le hubiera gustado ducharse al llegar a casa, pero eso solo pasaba una vez a la semana y ella prefería hacerlo el sábado, el día que salía con sus amigas a bailar. Un día como el de hoy.

—Llegas tarde, Clara —fue el saludo de Don Claudio, que esperaba en la puerta del taller puntualmente todos los días.

—Lo siento, el tranvía...

—Todos usamos tranvía y llegamos a tiempo.

Por más que lo dijera, ella no podía imaginarlo dentro de un tranvía. Y menos aún después de que una compañera le hubiera visto en un «haiga» americano con matrícula 11.000.

Agachó la cabeza y fue a dejar el almuerzo en la taquilla. Su tabla de plancha estaba al lado de la de Julia. Supo que ella aún no había llegado porque todas estaban planchando en silencio. Diez minutos más tarde entró por la puerta con ademanes de llevar prisa y le dedicó una sonrisa al jefe, quien no paraba de mirarle las piernas coronadas por la falda más corta de todo el taller. Se disculpó por el retraso, se enfundó su bata entallada y dejó una pieza de fruta para el almuerzo en la taquilla. Don Claudio le sonrió y, acariciándole el hombro, le dijo que no se preocupase. Después se marchó a su despacho.

Julia comenzó a contar, con su acento granadino, la película *La ciudad no es para mí* de Paco Martínez Soria que había ido a ver la noche anterior con su hermana. Clara miraba con atención, esperando en vano que algún día ella le dedicase aunque fuera una sola palabra. Se dio por vencida y dejó de escuchar su voz para sumergirse en sus propios pensamientos. Tenía que terminar quince prendas más que de costumbre. Ese día había quedado con Merche y Carmen para ir al baile y estrenar un vestido nuevo que se había comprado la semana anterior. Su madre empezaba a sospechar que no le entregaba todo el sueldo, y no solo por eso, sino por el desodorante y el perfume.

A las seis de la tarde, Don Claudio apareció para revisar las prendas. A Clara le devolvió tres camisas y dos pantalones. Después se dirigió a Julia, que no dejaba de sonreírle, mientras le contaba que la noche anterior le había invitado a salir un chico un tanto pícaro. Él pasaba las prendas casi sin mirar y cuando llegaba a alguna camisa que tenía arrugas, ella le cogía del brazo y le decía escandalizada que incluso se había atrevido a besarla. Clara vio como él le pasaba cinco camisas peor planchadas que las suyas y únicamente le quitaba un pantalón, justo en el momento en que a ella se le acababa la historia. Cómo le hubiera gustado ser como Julia, pensó.

A pesar de lo cansada que estaba, llegó a casa deseando arreglarse para ir al baile. Su padre y los mayores aún no habían vuelto del trabajo. Su madre hablaba sola, como de costumbre, mientras recogía la ropa en el patio. Clara quería decirle que había llegado, pero sabía lo que le esperaba si lo hacía, así que prefirió subir a su habitación.

Allí estaban sus tres hermanas. Las saludó pero ellas siguieron hablando como si no estuviera. Se sentó cerca de ellas. Les pidió que le ayudaran a bañarse, echándole agua caliente por encima. Maribel le contestó que no, igual que Jimena y Piedad. Las tres se rieron. Clara les llamó «crías» e incluso se atrevió a echarlas de su cama, donde estaban sentadas, pero Piedad, envalentonada por las otras dos, le dijo que la cama también era suya.

Intentó echarse ella sola la cacerola de agua caliente por encima, derramando casi todo fuera de la bañera. Su madre abrió la puerta y le gritó:

—Parece mentira, como se nota que tú no lo limpias.

—Lo siento madre. No podía yo sola.

—Pues si no podías, no te laves y punto. Que tienes siempre la manía de estarte lavando. Anda, sal ya.

—Madre, tengo todo el pelo lleno de espuma. ¿Me podría traer otra cacerola de agua?

—¡Que te he dicho que salgas de una vez! ¡Ya has gastado suficiente agua!

En ese momento oyeron entrar al padre y a los dos hermanos.

—Vamos, que van a lavarse tus hermanos.

—Adela —oyó decir a su padre—, caliéntame agua a mí también.

—Te la calientas tú, que bastante trabajo tengo ya —le contestó su mujer desde la cocina.

Justo padre comenzó a gritar y lo mismo su madre, así que Clara decidió que lo mejor era salir, antes de que intervinieran los tres mayores.

Cuando terminó, su madre seguía hablando sola en la cocina.

Subió a la habitación envuelta en la toalla, con el cabello cubierto de espuma y se encontró a sus tres hermanas hurgando entre sus cosas. Les quitó de las manos dos de sus blusas. Ellas gritaron. Su madre amenazó con subir a ver qué pasaba. Clara cogió el vestido nuevo color granate y los zapatos acharolados y, mientras ellas cuchicheaban, se fue a vestir a la habitación de sus hermanos.

Ellos estaban abajo, tratando aún de calmar a su padre, así que decidió salir aunque fuese temprano.

Cerró la puerta de la calle dejando tras de sí un adiós que nadie oyó.

Merche, con sus cejas alegres depiladas en forma de arco, le preguntó si llevaba mucho tiempo esperando.

—No —mintió Clara, a quien no le gustaba hablar de sus cosas.

Había anochecido. Al local no paraban de entrar chicos y chicas. Siempre más chicas que chicos. También iban parejas, con sus manos o brazos entrelazados, regalándose mutuamente sonrisas, ajenas al resto, como si no necesitaran nada más. Aumentaban en Clara el anhelo de una experiencia que ansiaba conocer.

—¿Entramos? —dijo Carmen frunciendo el entrecejo y obligando así a su enorme nariz a bajar aún más de lo que estaba.

—No sé qué prisa tienes; dentro no vamos a poder hablar —dijo Merche.

—¿Y de qué quieres que hablemos?

—De lo que os ha pasado esta semana, por ejemplo.

—Yo trabajo casi todo el día, Merche, poco me puede pasar —dijo Clara.

—Seguro que no es cierto.

—Vas a echarnos uno de tus discursitos, ¿verdad? —preguntó Carmen.

—Vamos, Carmen, no seas sarcástica —contestó molesta Merche.

—Mira, yo vengo a conocer a un hombre, así que si quieres hablar, hazlo ahí dentro con alguno. ¿Entramos o no? —dijo Carmen.

Clara tampoco entendía a Merche, pero se esforzaba por hacerlo. Solía decir que una tiene que disfrutar de la soledad, gozar de ir en el tranvía o caminando por la calle, pero Clara no veía nada divertido en eso. ¿Cómo iba alguien a disfrutar de lo cotidiano? ¿Y de estar solo? Por otra parte, no creía que ella fuese la más apropiada para hablar, siendo hija única, estudiante y mantenida por sus padres. Sin embargo, Carmen y ella se habían puesto a trabajar hacía ya cuatro años.

Al entrar, encontraron el aire invadido por el humo y la pista llena, pero aún había sitio para sentarse. Cada una cogió una silla, con un vaso en la mano, sin hablarse, sin mirarse, solo pendientes de los que iban y veían. Uno con un flequillo que le tapaba un poco el ojo se acercó hacia ellas. Clara supo que sacaría a Merche y no se equivocó. Ella nunca estaba sentada más de dos o tres minutos, a menos que así lo decidiera.

Dos canciones tardó en venir el siguiente, pero era demasiado bajo. Hasta Carmen estaba bailando hacía tres canciones. «Todos los sábados pasa lo mismo», pensó Clara. Si todo continuaba igual, dejaría de salir. Cinco más se acercaron y nada.

Empezaba a desesperarse cuando apareció un joven, moreno de piel, muy alto. Apenas le dejó tiempo para llegar hasta la mesa; ella se levantó de golpe al ver que él que se acercaba con la mano ligeramente extendida hacia ella. Bailaron dos o tres canciones sin dirigirse la palabra, hasta que al fin le dijo su nombre, José.

—¿Vienes mucho por aquí?

Ella asintió con la cabeza.

—Llevo un tiempo observándote. Me preguntaba por qué no salías a bailar.

—No he tenido suerte.

—¿Suerte? Me pareció que tuviste varias oportunidades.

Ella sonrió con los labios cerrados.

—Ninguno era más alto que yo. Debo dar gracias a la genética, entonces.

—¿A la qué?

—A la genética.

—Ah, ya. ¿Vives aquí en Madrid?

Durante toda la noche no se separó de él. Él quiso saber dónde trabajaba ella y a qué hora salía y prometió estar allí el lunes para recogerla.

José la esperaba a la salida del taller, con un traje de chaqueta azul marino, bajo la escalinata. La luz de media tarde le reveló el color marrón de sus ojos. Él la cogió del brazo y le dio dos besos tímidos en la mejilla. Ella dijo un «hola» entrecortado.

No sabían a dónde ir, así que comenzaron a hablar mientras paseaban sin rumbo.

—Una de mis mayores aficiones es la lectura —le dijo José—. Y a ti, ¿te gusta leer?

Clara pensó en si debía confesar que había terminado varias novelas de Corín Tellado. No podía evitar sentir vergüenza al comprarlas, aunque al mismo tiempo, gracias a ellas creía en la posibilidad de enamorarse.

—No mucho, la verdad —contestó al fin.

Entraron en una librería. José se empeñó en regalarle un libro. Escogió un ejemplar de *Madame Bovary*. Un dependiente delgado de piel blanca y brillante se acercó a ellos. Clara lo reconoció en seguida; era Mario, el amigo de su hermano.

–Este es José.

–Encantado –dijo el librero dándole la mano, con aquellas minúsculas uñas mordidas que aún recordaba Clara–. Si os puedo ayudar en algo...

–No, gracias.

Mario volvió en silencio detrás del mostrador. José había sido demasiado tajante, pensó Clara. Con todas las librerías que había en Madrid y tener que ir a una donde la conocían, también era mala suerte, pensó.

Cuando salieron, él quiso saber si ellos dos habían sido novios. Ella negó con la cabeza, mientras se alegraba por dentro de que lo pensara. Su hermano solía presentarle a sus amigos, pero ninguno de ellos llegó a pedirle salir. Clara creía que era demasiado seria y que eso los intimidaba, aunque tampoco estaba segura de a qué se debía su falta de atractivo.

Mario la había invitado un domingo al cine a ver una película de amor, parecida a las novelas que tanto le gustaban. Cuando terminó, quiso saber si ella era romántica y, como Clara no entendió la pregunta, no supo qué contestarle. Después nunca más volvió a invitarla a salir.

José insistió en acompañarla hasta su casa. Allí, en la calle, siguieron hablando una hora más. Ella se hubiera quedado tres o cuatro horas escuchándole. Sentía que no podía despegarse de su lado.

Era la primera vez en ocho meses que José llegaba tarde a recogerla al taller. Aunque a Clara, en esta ocasión, le había alegrado. Julia había insistido en ir con ella hasta la puerta. Desde que le había conocido, no dejaba de repetir que José era un chico muy interesante. A Clara le gustaba haber atraído la atención de Julia aunque le incomodaban sus continuas preguntas sobre él.

—¿En qué trabaja exactamente? —le dijo ella, lejos de quererse marchar.

—Comenzó en los talleres de aprendiz, pero ahora está en las oficinas.

—Qué interesante —dijo Julia mientras ponía cara de estar pensando a otra velocidad que ella.

—Quiere estudiar trabajo social en la universidad.

—¿Trabajo social?

—Sí, eso que sirve para ayudar a la gente en el trabajo. Los que saben de leyes.

—¡Ah! Graduado social.

Le molestaba que siempre Julia supiera más que ella, incluso de su propia vida.

Veinte minutos soportó Julia en la puerta del taller, hasta que decidió que se le hacía tarde para no sabía qué cita para el teatro.

Clara cruzó la calle y buscó un banco libre para sentarse a esperar. El sol aún calentaba. Había uno sin sombra, pero no le importó. Se sentó, irguió la cabeza y cerró los ojos. De repente, se olvidó del ruido perpetuo de la ciudad y se imaginó en el pueblo, subida en la cima de la montaña, sentada sobre la hierba, inclinando la cabeza, dejándose acariciar por la brisa y el silencio. Un silencio solo interrumpido por el vuelo de algún abejorro o por los pájaros o por la suavidad del discurrir del río. Veía las rocas cubiertas de musgo sobresalir de la ladera como si fuesen vértebras. Podía oler de nuevo el tomillo y el humo de leña quemada que provenía de la Casa Grande. El resto de casas, veinte, entre ellas la suya, se aglutinaban alrededor. Qué enorme le parecía el pueblo, a pesar de estar allí arriba. Y qué pequeño le pareció a su padre un buen día. Siempre repetía lo agradecido que le estaba a Don Miguel. «Justo», recordaba su padre día sí, día no, como si hubiera sido el mejor consejo de su vida: «el pueblo se le quedará pequeño; tiene que irse a la capital y darles un futuro mejor a sus hijos.»

Clara sentía que su futuro había comenzado en Madrid a los diez años, aunque no había sido mejor que su pasado. Todo lo que había aprendido, lo había hecho en el colegio del pueblo. El de la ciudad era demasiado grande y estaba lleno de niños y niñas que gritaban, jugaban y se reían. Ella se recordaba en el pupitre, callada, mirando fijamente a la profesora, sintiéndose perdida.

—Clara, ¿llevas mucho tiempo esperando?

—No —contestó ella, haciendo un esfuerzo por abrir los ojos y fijarlos en la cara de José.

—Parecía que estuvieses dormida.

—Estaba recordando.

—¿Qué?

—Como huele la leña quemada.

—Me encanta que seas tan soñadora.

Ella no se creía soñadora y mucho menos capaz de encantar, pero le gustaba que él se lo dijera. Le cogió la cara entre sus manos y lo besó una y otra vez.

—Clara, por favor —le dijo José mientras se retiraba un poco—. Vamos. Llegamos tarde.

—¿A dónde?

—Al dentista. En media hora tenemos que estar allí.

—Pero debe ser muy caro, José.

–No te preocupes por eso.

Le hubiera gustado volver a besarlo, pero se contuvo. Cruzaron en la vespa a toda velocidad las calles de Madrid. Los coches se habían apoderado de la carretera, relegando a un segundo plano los pocos tranvías que aún se aferraban a los tendidos eléctricos. Cruzaron el puente de Ventas, echando en falta debajo el río que antaño mojara la tierra seca. Se detuvieron frente a un edificio elegante, de color blanco.

El dentista le empastó dos muelas y la citó para que volviera en tres semanas para seguir arreglándole el resto. Clara nunca había ido a que le revisaran la boca. En realidad, no recordaba haber ido a ningún médico desde que estaba en Madrid. «Si mi madre lo supiera», pensó.

No sentía el lado izquierdo del labio inferior y estaba un poco mareada, pero prefería quedarse con José antes que regresar a casa tan temprano. A decir verdad, no sabía si era temprano porque siempre que estaban juntos prefería no mirar el reloj.

Fueron al Paseo de la Florida, a una terraza cerca de la Ermita. Antes de llegar, él le contó que la ermita original tenía pinturas de Goya, que en 1928 se cerró al público para restaurarlas y que por eso construyeron la de al lado para el culto. A ella le gustaba escucharle. Que le enseñara.

Al sentarse en una de las sillas, a él se le cayó la cartera. Clara se inclinó para recogerla y vio la fotografía de los padres de él. Asomaba por detrás la cabeza de una chica de pelo castaño.

–¿Quién es?

–¿A ver? –preguntó él mientras la recuperaba–. Ah sí, una antigua novia. Ni me acordaba de que tenía ahí una foto suya.

—Pues no hay más que abrir la cartera para darse cuenta —dijo Clara con la boca torcida por la anestesia.

—Te digo que no me acordaba. ¿No ves que está detrás de la foto de mis padres? Es algo normal.

—¿Normal?

—Sí. Haber tenido novia es normal.

—Yo no he tenido novio.

—Clara, tengo ocho años más que tú.

—¿Y cuándo estuvisteis juntos?

—Hace tiempo.

—¿Cuánto?

—Unos cuatro meses antes de conocerte, más o menos.

—¿Y cuánto duró el noviazgo?

—Cinco años.

—¡Cinco años! Eso es mucho tiempo —ella no acababa de creerse lo que estaba escuchando—. ¿Y por qué se acabó?

—Porque sí.

—¿Porque sí? Tendrías alguna buena razón para dejarla después de cinco años.

—¿De veras te apetece que hablemos de una relación pasada?

—He visto su foto en tu cartera.

—Te he dicho que no recordaba que estuviese ahí.

Clara arrugó el entrecejo e intentó sin éxito torcer la boca hacia el otro lado.

—Se acabó —José abrió la cartera, sacó la foto y se la entregó—. Rómpela, vamos, rómpela si quieres.

Ella se quedó mirándole a la cara, sin atreverse a cogerla.

—Yo solo quería saber por qué lo dejasteis —dijo Clara.

Él puso la foto sobre la mesa.

–Porque mis compañeros del trabajo no dejaban de repetir que me iba a casar con ella e incluso hicieron apuestas. Yo les decía que no.

–¿Y qué pasó?

–Simplemente gané la apuesta.

–¿La apuesta?

–Clara, estas son mis últimas palabras sobre el tema. Yo sabía que ella no se casaría conmigo, ni yo con ella, y pasó lo que tenía que pasar: que no nos casamos.

–Pero, ¿cómo puede uno apostar sobre semejante decisión?

José comenzaba a impacientarse y pidió la cuenta. No era la primera vez que se enfadaba, pero Clara no podía evitar seguirle preguntando. Él se levantó y se dirigió hacia la moto. Ella fue detrás en silencio. De repente, se preguntó qué habría pasado con la fotografía. ¿Se había quedado sobre la mesa? Quiso volver pero José ya había encendido el motor.

El resto del camino no se dirigieron la palabra. Ella sabía que él no volvería a hablar sobre el tema. Tres días más tarde, cuando José volvió a recogerla como siempre, al taller, decidió que no le importaba qué había pasado antes de haberse conocido.

# II

–Tengo que hablar contigo –dijo José.

Había oscurecido. A Clara, sentada en la vespa, se le clavaba el frío a través de la ropa. La luz de la ventana de la habitación de sus padres iluminó la calle. Le preguntó si no podía esperar al día siguiente.

–No, no puedo. Tiene que ser ahora.

Ella lo cogió de la cintura pensando que era buena señal que, después de diez meses de noviazgo, aún hubiera asuntos que no pudieran esperar.

–Sabes que soy el menor de tres hermanos y que prácticamente me he criado solo con mis padres.

Clara volvió a mirar hacia la ventana. Le hizo un gesto con la boca para que bajase la voz.

–Por eso –continuó él entre susurros–, siempre les dije que, cuando me casara, vivirían conmigo.

Ella le pidió que se lo repitiera.

–Que quiero que mis padres vivan con nosotros –contestó él subiendo la voz un poco.

–¿Con nosotros?

–Sí.

–Pero tus padres son jóvenes aún.

–Lo sé.

–¿Acaso no tienen un piso de alquiler casi regalado?

–Sí.

–Entonces, ¿por qué tienen que vivir contigo?

–Porque se lo prometí.

Clara lo soltó de la cintura.

–¿Y tiene uno que cumplir estúpidas promesas de adolescente?

Él no dijo nada.

–No puedo creer lo que me estás diciendo –protestó ella.

–Piénsatelo.

–¿Qué quieres decir con eso?

–Nada.

–No sé qué pretendes diciéndomelo a una semana de la boda. ¿Acaso quieres cancelarlo todo?

–No. Yo quiero casarme contigo, pero también quiero vivir con mis padres.

–¿Y si tuvieras que elegir?

–Ya te lo he dicho. Piénsatelo.

José arrancó la moto y se marchó.

Clara no quiso cenar. Tampoco podía dormir. Se giró hacia su hermana Piedad, sintiendo el roce de su trenza en la cara. Ella protestó porque no dejaba de moverse. Se quedó inmóvil para no molestarla a pesar de que le picaban las mejillas y la frente. Intentó imaginar lo positivo de vivir con sus suegros. Elevó las cejas y frunció el ceño, pero la cara le seguía picando.

Cuando la respiración de su hermana se hizo más lenta, se volvió hacia la pared. Pensó en cómo sería vivir en la misma casa que los padres de José, a los que apenas conocía. Se rascó la frente. Su hermana le dio un codazo. Clara se colocó boca arriba. Se preguntó por qué ellos no lo disuadían de tener que cumplir aquella promesa.

No le apetecía celebrar una despedida de soltera pero había quedado con Merche y con Carmen hacía dos meses. Al final accedió a ir a un café a la Puerta del Sol. Las sillas de madera crujieron al sentarse. Los corazones grabados sobre el tablero de la mesa saltaron a sus ojos, obligándola a desviar la mirada hacia la gente de alrededor. Había un hombre muy delgado sentado en la barra, hablando con el camarero. Otro, a su derecha, inmerso en la lectura de un libro amarillento. Una pareja, sin bebidas, parecía querer desperdiciar su tiempo allí, cogidos de la mano, intercambiándose ridículas miradas. Una anciana salió torpemente por la puerta. Volvió a centrarse en sus dos amigas que le preguntaban si estaba emocionada por la boda. Respondió que sí. Merche no parecía creerla.

—¿Seguro que estás bien? —le preguntó de nuevo.

—Claro que está bien, lo que pasa es que está nerviosa. Menudos nervios tendría yo en su lugar.

—Estoy bien.

—A ti te pasa algo, lo sé.

—Te digo que no es nada. Tengo sed, ¿vosotras no?

Su amiga no se quedó tranquila, pero al menos dejó de insistir y se tomó su Fanta, mientras Carmen la interrogaba sobre el vestido, el banquete y los chicos que habían invitado sus hermanos. Clara tuvo que hacer un esfuerzo por contestar.

Cuando se quedaron a solas, Merche volvió a preguntarle lo mismo.

—Te he dicho que estoy bien.

—No me lo creo. Sé que te pasa algo. Puedes confiar en mí. Sea lo que sea.

—No me pasa nada.

Esperaba que su amiga la conociera mejor; que supiera que no le gustaba hablar de sus cosas. Sin embargo, ella siguió insistiendo.

—No importa si la boda va a ser en unos días, o si todo está preparado. Si te has dado cuenta de que no le quieres, puedes anularlo. Piénsalo. No necesitas a ningún hombre.

—No me pasa nada.

Merche se quedó un rato mirándola fijamente, sin moverse, como si esperase algo. Clara le dijo que tenía que marcharse.

Se alejó caminando hasta la siguiente parada. ¿Qué le importaba a Merche lo que ella y José habían hablado? ¿Acaso era ella la que la recogía del trabajo todos los días para pasar la tarde juntas? ¿La que le decía que era especial por tal o cual cosa? ¿La que se preocupaba de que sus dientes estuvieran en buen estado? ¿La que le enseñaba cosas que ella no había podido aprender en los libros?

Al llegar a casa, se encontró a Mario mordiéndose las uñas en el pasillo. Estaba allí, de pie. Llevaba consigo un paquete. Le extrañó verlo. Hacía tiempo que su hermano y él no salían juntos. Mario le dijo que no había ido a ver a Martín. Se oyeron las risas de sus hermanas. Su padre apareció con una camiseta interior de tirantes. Se quedó un rato mirándolos en silencio. Después le preguntó:

—¿Tú no eres amigo de mi hijo?

Mario asintió con la cabeza. El hombre entró al baño.

—Vayamos fuera—le dijo ella.

Él le entregó el paquete que estaba envuelto en un azul apacible. Clara lo abrió. Era un libro de Pío Baroja.

—Espero que te guste —comentó el chico. Ella lo miró esperando una sonrisa, pero él volvió a introducirse el dedo índice en la boca para acabar de dar forma a la diminuta uña.

—Gracias —dijo ella. Él se encogió de hombros, con el dedo entre los dientes y susurró:

—Me gustaría que fuésemos al cine.

Ella se dio cuenta de que Mario no sabía que iba a casarse. Pero, ¿acaso iba a hacerlo? Él dejó el índice para comenzar con el corazón. Clara supo que tenía que darle una respuesta antes de que terminase con todas las uñas de la mano derecha.

—Ven a recogerme al taller. Mañana —le dijo por fin.

Antes de irse a trabajar, su madre le preguntó si no tenía que ir a probarse el vestido. Ella le contestó que no.

Mientras planchaba no podía dejar de pensar en José. Intentó sin éxito no hacerlo. No había sabido nada de él. Suponía que debía estar esperando una respuesta. Pensó que ella ya le había respondido hacía tiempo. Porque el matrimonio era una proposición sin condiciones. Eso era el amor para ella. Ahora no tenía más respuestas, lo único que sentía era un profundo vacío.

Se esforzó en pensar en Mario. Parecía un buen hombre. Y acordándose de que iba a ser él quien la recogiera, le dijo a Julia que se quedaría una hora más planchando. Sin embargo, su compañera se quedó también. Al salir, Mario estaba esperándola, sentado en un peldaño de la escalera mordiéndose las uñas. Julia preguntó por José, mirando a Mario de arriba a abajo. Clara le dijo que no vendría. Ella quiso saber cómo se llamaba el chico. Mario se metió el dedo en la boca y balbuceó su nombre. Clara le dijo que era un amigo, un amigo de su hermano. Julia bajó la escalinata de dos en dos, riéndose a carcajadas.

Fueron al cine. Él estaba nervioso porque se le había hecho tarde. A la salida le dijo que tenía que marcharse.

Ella le preguntó si no iba a acompañarla a casa. Él se metió el dedo en la boca y le dijo que no podía.

—Vamos, levántate. Tienes que venir conmigo a comprar el picón.

—Pero mamá, son las siete de la mañana y es domingo.

—¿Y qué si es domingo? Para mí no hay domingos. Vamos, levántate.

—¿Y mis hermanos?

—Con tu padre, en la obra. Vamos.

Clara se levantó cansada. En su único día libre le tocaba ir a por picón para el brasero. Su madre ya podía haber despertado a cualquiera de sus hermanas, que no hacían nada más que ir al colegio.

Oyó que le volvían a gritar desde la planta baja que se diera prisa. Se puso la ropa a tientas y salió de la habitación. Mientras se desenredaba la melena, su madre le decía que no iba a una fiesta. Se fue a la cocina a calentarse un vaso de leche, pero su progenitora ya tenía la puerta abierta y la esperaba en la calle. Se sirvió la leche fría y eso le produjo un estremecimiento en todo el cuerpo. Cuando iba a salir, se dio cuenta de que aún llevaba las zapatillas. Subió de nuevo a la habitación y oyó:

—Pero, ¿otra vez? Ay Dios mío, con todo lo que tengo que hacer ¡Qué paciencia!

Cogió un par de zapatos al azar y se calzó mientras bajaba la escalera. En la calle se dio cuenta de que eran de su hermana Piedad, que tenía una talla menor.

Se apenó porque de nuevo había conseguido que ella se enfadara. Fueron sin dirigirse la palabra durante todo el trayecto.

Caminaban por la calle oscura a paso ligero. Su madre delante y ella unos pasos atrás. Le hubiera preguntado si podían coger el coche de línea, pero pensó que sería mejor no hacerlo.

Cuando llegaron aún no habían abierto. Tuvieron que esperar en la puerta, en silencio, sufriendo el frío. No obstante, a Clara le habría gustado descalzarse.

Poco a poco comenzó a aparecer más gente. Clara pensó si no se habrían puesto de acuerdo o si aquello no era una excusa para reunirse los domingos por la mañana. El segundo en aparecer, un hombre canoso de unos cincuenta y tantos años con una chaqueta de punto verde botella, saludó a su madre por su nombre. Le dijo que la veía muy bien, igual de bien que siempre. La mujer sonrió y a Clara le pareció que era la primera vez que lo hacía. Después, el señor reparó en ella. Hubiera preferido seguir siendo invisible, y más ahora que su madre comenzaba a sonreír, pero tuvo que responderle a su pregunta sobre su trabajo. El señor dijo que envidiaba a su madre por tener tantos hijos que la acompañaban y ayudaban. Su madre suspiró y la miró seria, sin decir nada.

Al fin se abrió la pequeña puerta de metal ennegrecida y pudieron entrar a por el saco de picón. Cuando iban a marcharse, el hombre le dio recuerdos para su padre de parte del señor Braulio.

Clara pensaba que, quizás ahora, de vuelta, podrían coger el coche de línea para no volver cargadas a casa. Pero se equivocó. Caminaron con el saco a cuestas, que no era para tanto según su madre. Tuvieron que parar un par de veces a descansar. Ya no sentía los dedos retraídos dentro de aquellos zapatos.

Llegaron a casa de día. Su madre se puso a hacer la comida, mientras ella iba a un par de recados más.

A la hora de comer, su padre y sus hermanos llegaron, se lavaron las manos y se sentaron con las piernas bajo las faldas de la mesa camilla, calentándose los pies con el brasero. Clara iba a hacer lo mismo pero su madre le dijo que la ayudara a servir. Cuando pusieron la mesa, su madre se dispuso a fregar las cacerolas, como siempre, recogiéndolo todo antes de sentarse. Ella nunca comía con ellos.

Clara fue a llevarse la primera cucharada a la boca cuando su padre le dijo que le llevase el vino. Se levantó a por él. Cuando iba a volver a sentarse, su hermano Justo le pidió un cuchillo y a punto estuvo de decirle que se levantase él, pero que se acordó de que, en otra ocasión, por lo mismo, le habían pegado una bofetada que le dejó señal dos días. De manera que se fue a la cocina a por el cuchillo.

Su padre y sus hermanos hablaban con la boca llena; ni siquiera la miraban. Clara se quitó por fin los zapatos y estiró los dedos, que tenía cubiertos de heridas. Reparó en una mancha que había en el hule a la derecha de su plato. Era marrón, como un río africano de tierra batida. La tocó con la yema del dedo índice comprobando si era pegajosa. No lo era. De repente recordó qué decirle a su padre para iniciar una conversación.

—Hoy hemos visto al señor Braulio y me ha dado recuerdos para usted.

El hombre dejó de hablar con sus hijos y se quedó mirándola fijamente.

—¿A Braulio? ¿Y dónde lo has visto?

—Cuando fui a comprar el picón esta mañana con madre.

Se alegró de haber captado su atención. Él se volvió a mirar a su madre. Ella seguía fregando las cacerolas.

—¿Y qué más te ha dicho?

—Nada más. Habló un rato con madre.

El padre dejó de comer, soltando el tenedor con fuerza sobre la mesa. Clara volvió a mirar la mancha del mantel. Podía ser de chocolate, pensó. Pero ellos no bebían chocolate en casa.

—¿Y de qué hablaron?

—No sé —contestó ella, humedeciéndose la yema del dedo para frotar la mancha.

—¿No lo sabes? ¿Acaso no estuviste con ellos?

—Sí —dijo, sin conseguir despegar un milímetro. ¿Y si la rascaba con la uña?

—¿Y cuánto tiempo habéis estado hablando con él?

Lo miró a la cara. Estaba enrojecido y respiraba por los orificios de la nariz con fuerza. Parecía un toro. Volvió a observar la mancha. La rascó con la uña.

—No sé —contestó al fin—, poco.

El hombre dio un golpe en la mesa y se levantó, como si el picón hubiese quemado la suela de sus zapatillas. Fue hasta la cocina y le gritó a su mujer. Clara rascó con más fuerza la dichosa mancha, hasta que dejó el hule transparente, desgastado. Levantó la cabeza, encontrándose con la de sus hermanos que la miraban fijamente mientras comían.

Se marchó sin terminar. Ni siquiera subió a por sus zapatos, sino que volvió a ponerse los de su hermana. Buscó entre sus papeles el número de Mario. Fue a una cabina telefónica. Lo llamó. Él le dijo que no podía salir, que era demasiado temprano.

—Me gustaría verte —le dijo ella.

—Pero es muy temprano —balbuceó él. Ella lo imaginó con el dedo en la boca.

—¿Muy temprano para qué? —insistió.

—Para salir —contestó él. Después añadió—: Podemos vernos dentro de tres horas.

Ella se quedó en silencio, mirándose los pies dentro de aquellos zapatos de tortura y colgó sin más.

Después marcó las primeras cifras del número de José y colgó el auricular. Volvió a marcar todos los números. Él le dijo que en quince minutos estaría en su casa.

Le alegró su pronta disponibilidad. Pero mientras lo esperaba no pudo evitar enfadarse. Cuando él apareció en su vespa, ella reparó en la papada que le caía sobre el cuello de la camisa.

Él se bajó de la moto para darle un beso pero ella esquivó la cara y se montó detrás. Debió comprender que la tarde iba a ser complicada porque pisó el acelerador y no paró hasta que ella se lo pidió diez veces.

Quiso coger el tranvía y desaparecer. No volver a saber nada más de él. ¿Por qué le había llamado? No quería besarlo, ni abrazarlo. No quería casarse. Pero al mismo tiempo, algo más que el dolor de los pies le impedía bajarse de la vespa. Se echó a llorar de impotencia.

Él no hablaba. Después de un rato largo, le propuso entrar al Parque del Retiro. Ella asintió y caminaron en silencio por el Paseo de las Estatuas, donde, según le había contado él, se encuentran las esculturas de los reyes godos que inicialmente iban a ser instaladas en el Palacio Real. Clara no miraba a las estatuas, sino a otras parejas que paseaban de la mano. Observó sus sombras unidas en el suelo. Las de ellos caminaban paralelas.

—Entonces, ¿qué has pensado? —le preguntó él.

—Creo que no me quieres, José, eso es lo que pienso.

—Yo te quiero mucho, Clara, mucho más de lo que tú crees. Sin embargo, el cariño que siento hacia ti no es incompatible con el que siento por mis padres. Necesito que lo entiendas. Quizás también necesite que tú me demuestres tu cariño.

—Pero yo no dejo de demostrártelo.

—Entonces piensa que aceptarás porque me quieres. Mis padres pueden ser de ayuda, no tienen por qué ser una carga.

—¿No crees que yo sola pueda llevar la casa?

—Yo sé que tú serás una buena esposa. No se trata de eso.

—¿Y me quieres, José, me quieres?

—Claro que te quiero.

«¿Acaso no soy suficiente para llenar un hogar?», pensaba Clara una y otra vez. Pero, ¿dónde encontraría a otro hombre como José? ¿Cómo explicárselo a su madre? ¿Y a su padre? Podía imaginar las risas de sus hermanas o de Julia. Incluso la cara de alegría de Carmen, que había sufrido tanto cuando supo que iba a casarse antes que ella. Quizás sus suegros no fuesen tan mala compañía al fin y al cabo, pensó, y así se lo dijo a José, que la cogió de su mano inerte para volver a casa.

Apareció del brazo de su hermano mayor, Justo, en la puerta de la iglesia. Todos se levantaron de los bancos y se giraron para verla pasar. Hundió un poco la cabeza entre los hombros, pero no podía evitar ser la protagonista.

A través del velo blanco miraba las caras de familiares a los que apenas conocía, de vecinos de sus padres, de amigos de sus hermanos y hermanas, de los hermanos de José, de sus suegros; de otros desconocidos invitados por el novio. Todos la miraban con la sonrisa anodina de un extranjero que no entiende el idioma.

José la esperaba en el altar. Pensó que no le apetecía ver de nuevo esa absurda sonrisa, de manera que fijó la vista al frente, en el Cristo de madera. El cura comenzó a hablar sobre el matrimonio, sobre el amor verdadero, los hijos, los conflictos, el amor, la fuerza que los unía, la que los haría estar siempre juntos, en lo bueno y en lo malo, hasta que la muerte, y solamente la muerte, los separase. Poco a poco Clara fue encontrándose mejor. Miró a José y él, notándolo, la miró a ella. Entre dientes pareció decirle que estaba preciosa; ella sonrió por fin.

Miles de caras se acercaron a besarla a la salida de la iglesia, mientras ella sorteaba los puñados de arroz que caían sobre ellos sin piedad.

El banquete se celebró en una sala de fiestas cercana a su casa. Ellos llegaron más tarde, por las fotos. A la derecha de la mesa nupcial estaba su familia y, a la izquierda, la de José. Antes de sentarse se hicieron algunas fotos más con los invitados. Durante toda la comida se oyeron varios «vivan los novios» o «que se besen», que fueron recibidos con una ovación o un fuerte aplauso.

Cuando comenzó la música, los más atrevidos se acercaban a sacarla a bailar. El resto seguía esperando a que ella fuera a saludarlos. Su cuñada Agustina, esposa de Aurelio, el hermano mediano de José, se sentó a su lado, en la mesa nupcial, y le ofreció una amistad sincera con aliento a Marie Brizard. Clara le miró su collar blanco de perlas. Solo había coincidido con ella en dos ocasiones y en ambas la había tratado como si fuera un ser inferior. Clara se había esforzado por ser amable, pero no había resultado. Cuando se lo comentó a José, este le confesó que podía deberse a la estrecha amistad que tenía con su anterior novia.

Se desembarazó del aliento a anís y se fue a hablar con su madre. Ella estaba preocupada de que todo saliera bien y se puso a comentarle todos los detalles que habían fallado: la música, su presencia en las mesas, los regalos del recuerdo de la ceremonia, los escasos puros. Clara la interrumpió con la excusa de ir al baño y se fue directamente a bailar a la pista.

José desapareció para ir a llevar a sus padres a su casa. Poco a poco los invitados fueron marchándose, mientras ella despedía a unos y otros y se disculpaba porque su marido no estuviera allí. Cuando quedaban apenas unos pocos despistados, volvió a aparecer José y los dos se fueron en el coche alquilado a su piso nuevo.

Vivieron solos durante la primera semana. Esa fue su luna de miel. Después del desayuno iban a pasear al Parque del Retiro. Le traía muy buenos recuerdos, decía José. A Clara le gustaba ir porque se podía respirar la naturaleza: una mezcla de tierra húmeda, corteza de árbol y césped recién cortado. Los sonidos también eran así, poco urbanos: los pájaros, el golpeteo de hojas abanicadas por las ramas, el agua de las pequeñas cataratas artificiales.

José insistió en montar en una barca en el lago.

—Quizás hubieras preferido haber hecho algún viaje —le dijo. Ella no contestó, porque sabía que no podían permitírselo. Él le había dicho que tendría que trabajar mañana y noche para pagar las letras del piso.

Miró a su marido batir con los remos la barca en dirección al centro del lago y pensó, tocando con la yema del dedo índice las aguas verdosas, si aquello sería la felicidad.

—No necesito ningún viaje —le dijo. Él sonrió.

—Mis padres llegan la semana que viene —sentenció José de camino a casa.

# III

Sus suegros llegaron un lunes. José no estaba. Cuando abrió la puerta de la calle, Clara intentó sonreírles.

Matilde la besó en ambas mejillas con fuerza.

—¿Ya se ha ido mi hijo? —preguntó Eduardo como todo saludo.

Ella le contestó que sí. Pensó entonces en José como hijo, en vez de como marido, una imagen que le restaba madurez.

Siguió fregando el suelo de la terraza mientras ellos deshacían las maletas en su habitación. Su suegra se ofreció a preparar la comida pero ya estaba hecha. Clara se subió a una silla para colocar las cortinas del salón.

—Nosotros comemos temprano —le dijo Eduardo.

—La mayoría de las veces yo también —le contestó Clara.

Insertó una de las anillas dentro de la barra de la cortina.

—Ya. Pero nosotros siempre comemos temprano.

Le extrañó que se lo repitiera. ¿Acaso quería decirle algo?

—También merendamos y cenamos siempre a la misma hora.

Matilde llegó para ofrecerse a ayudar. Clara le dijo que ya había terminado. Bajó de la silla. Les propuso salir a dar un paseo. Eduardo miró al reloj.

—Es tarde. En media hora tenemos que comer.

Se dio media vuelta, encendió una pequeña radio que llevaba en el bolsillo y se fue a la terraza a escucharla, a pesar de que el suelo aún estaba mojado.

Matilde se encogió de hombros.

—Es el azúcar —dijo—. Me hace esclava de las comidas.

Se sentaron a la mesa puntualmente. El anciano buscó algo debajo del plato. Siguió haciéndolo mientras Matilde decía que estaba todo muy bueno.

—Me falta el cuchillo —dijo por fin.

Clara lo miró. Estaba segura de haber puesto tres.

—Te digo que me falta el cuchillo.

—Dime dónde están y voy yo —se ofreció su suegra.

Clara se acordó de repente de su hermano Justo. Quiso decirle que se levantase él, que los cubiertos estaban en el cajón a la derecha del fregadero. Le dejó el cuchillo frente al plato. Eduardo ni siquiera le devolvió una mirada.

—Gracias —dijo Matilde.

José llegó a las siete. Su madre abrió la puerta y él le dio un abrazo que a Clara le pareció interminable. Cuando se soltaron, ella esperó su turno recibiendo un beso tímido en los labios antes de que él se fuera corriendo a buscar a su padre al salón.

Eduardo parecía otro ahora que viera a su hijo. Había apagado la radio, se reía y le contaba anécdotas de lo que les había ocurrido durante el corto viaje desde el centro de Madrid.

Clara se marchó a la cocina a terminar la cena. La suegra volvió a ofrecer su ayuda. Ella le dijo que no hacía falta, pero Matilde se quedó inmóvil en el centro de la cocina. Al final, le sugirió que podía poner la mesa.

A solas, en la habitación, estaba deseando hablar con José. Le preguntó si la quería. Él le contestó que sí, le dio un beso en la frente con los ojos medio cerrados y, mientras ella le hablaba, se quedó profundamente dormido.

A la mañana siguiente, Clara decidió adelantar el horario de limpieza de los suelos, ya que su suegro, tanto si la terraza estaba mojada como si no, se sentaba allí a escuchar la radio todas las mañanas.

Matilde quería ayudar. Se ofrecía insistentemente a tender la ropa, a limpiar el polvo, a preparar la comida. Clara se negaba, hasta que un día le dejó cocinar. Funcionó bien hasta el jueves.

—Yo en mi casa siempre he preparado arroz con bogavante los viernes, pero si es demasiado, lo hacemos como tú digas.

—Matilde, en mi casa mi madre hacía el arroz sin marisco.

—Bien, me parece bien.

—¿Qué pasa? —preguntó Eduardo, que llegaba en ese momento de la calle.

—Nada. No pasa nada —le contestó Matilde—. Vamos a comer arroz con pollo en vez de con bogavante.

—¿Y eso por qué?

—Porque no sé si se ha dado cuenta de que su hijo trabaja de sol a sol para pagar las letras de esta casa y alimentarnos, así que deberíamos atarnos el cinturón —dijo Clara.

—Que sepas que esta es mi casa. ¿Me entiendes? Porque esta es la casa de mi hijo, por mucho que te moleste. Y si mi Matilde quiere arroz con marisco, no vas a ser tú la que nos digas qué podemos o no comer.

—Solo le digo que yo no voy a comprar bogavante para hacer el arroz.

—Eso es lo que tú te crees. Cuando venga José lo vamos a dejar claro.

En todo el día no volvieron a cruzarse palabra. Los suegros se metieron en su habitación y salieron para comer. Clara se puso a fregar los muebles de la cocina y a coser el bajo de un par de pantalones de su marido. Parecía que la noche no iba a llegar nunca. Por fin se escuchó la puerta. José le dio un beso mientras le preguntaba dónde estaban sus padres. Ella respondió que estaban en su habitación y que habían discutido por la comida del día siguiente. Él fue a buscarlos y volvió media hora más tarde.

—Clara, ¿a ti que más te da si el arroz es con bogavante?

—A mí me da igual, pero no puedo entender qué tiene de malo que lo hagamos con pollo.

—Y entonces, ¿por qué no lo preparamos un día con pollo y otro con bogavante?

—Porque el marisco es muy caro y yo prefiero que estés en casa y comerme un arroz con pollo.

—¿Acaso crees que trabajaré menos si lo hacemos dos viernes con bogavante? Vamos Clara, intenta hacer la vida más fácil, por favor.

Antes de volver a la habitación de sus padres, José le dijo que no le apetecía cenar, que se marchaba a la cama. Se quedó sola. Recogió la cocina y se acostó también. Escuchó entonces como salían los suegros de su encierro.

Se levantó temprano para ir a hacer la compra. Cuando volvió, Matilde estaba sentada en la cocina esperando. Le dejó el pollo encima de la mesa y comenzó a limpiar el polvo de las habitaciones y del salón.

Por la noche comieron todos juntos arroz con pollo, excepto Eduardo, que cenó una tortilla. La única conversación que se oía era la de José con su madre.

Ya en la habitación, los dos a solas, Clara necesitaba hablar. Lo intentó en vano. Dio varias vueltas en la cama. Se levantó y se fue al salón. Pensó en llamar por teléfono a su madre.

—¿Qué pasa? —le preguntó ella al otro lado del auricular.

—Nada.

Oyó a su padre gritarle que quién era. Su madre no le contestó.

—¿Qué tal estáis? —preguntó Clara.

Su padre chilló de nuevo. Su madre le contestó «a ti qué te importa».

Oyó a sus hermanos calmar a su padre. Su madre continuó:

—Nosotros como siempre. ¿Y tú?

—Bien —mintió ella.

—Ha venido tu amiga Merche. Dejó su número de teléfono. Dice que quiere saber cómo estás. Que la llames.

Clara lo anotó en un papel, aunque sabía que nunca llamaría. Lo sabía porque a ella no le gustaba hablar de sus cosas.

Y un domingo más, como venía siendo habitual, entraron por la puerta, Aurelio, el hermano mediano de José, con su mujer y sus dos niñas. Clara los recibió procurando sonreír mientras se secaba las manos con un trapo de cocina. Estaba cansada de la costumbre de sus suegros de reunir a la familia un día a la semana, pero daba gracias de que al menos el hermano mayor rechazara la invitación.

Las dos niñas iban perfectamente conjuntadas de rojo y beige. Agustina, o Tina, como solía hacerse llamar su cuñada, llevaba un abrigo que parecía de piel y su eterno collar de perlas blanco. Un «hola» atravesó con dificultad sus dientes apretados en un intento de sonrisa. Aurelio, sin embargo, le dio dos besos seguidos del ritual de cogerle con ambas manos los antebrazos y decirle que estaba guapísima. Ella sabía que no lo estaba, y mucho menos con aquel delantal lleno de manchas del guiso que había preparado, pero le gustó escucharlo. Le caía bien su cuñado. Tenía en la cara una mueca de timidez. Aurelio besó a su madre y dio un medio abrazo a José y a Eduardo, y todo sin perder su sonrisa.

Durante la comida, Tina comentó que le faltaba sal al guiso. Clara se levantó a por el salero. Alguien dijo que quería hielo para el agua; iba a volver a levantarse, pero su suegra se adelantó. Dos minutos más tarde, las niñas dijeron que preferían usar un tenedor.

–Están aprendiendo protocolo –dijo Tina. Le pidió a Clara un juego completo de cubiertos para ellas. Ella no sabía qué significaba eso del juego completo pues tenían cuchara y cuchillo, así que les trajo el tenedor y la cuchara de postre. Las niñas se miraron en silencio y después miraron a su madre, que volvió a sonreír entre dientes. Eduardo quería pan. Matilde fue a cortar más.

Cuando volvió a sentarse, Clara miró a su cuñada comer relajadamente. A Aurelio se le cayó la cuchara al suelo. Preguntó dónde estaban los cubiertos. Clara miró a su cuñada, que estaba hablando de su colaboración en un semanario local. «Seguro que no es más que un folleto informativo de barrio» pensó Clara.

—No te preocupes, yo lo traigo —le dijo a Aurelio.

Se sentaron en el sofá a tomar café y unas pastas que habían traído ellos de una confitería exquisita, según Tina. Clara le sirvió su copa de Marie Brizard. Mientras, las niñas salieron a la terraza. Se oían sus risas desde dentro. A Clara no le parecía que los transeúntes o la terraza en sí tuviesen gracia, pero ellas parecían pasárselo muy bien.

Se levantó para terminar de fregar los platos. Su suegra llegó con la copa y las tazas. Quiso ayudarla, pero Clara le dijo que no hacía falta. Matilde se quedó parada, después volvió al salón.

La copa tenía una mancha rosácea. Clara frotó con fuerza pensando en cuánto tiempo hacía que ella no llevaba carmín.

Matilde entró en la cocina.

—Se marchan ya.

Clara no se volvió, pero oyó los tacones de su cuñada.

—¿Quieres que te ayude a fregar, querida? —le dijo con su aliento a anís.

Clara se dio la vuelta. Aurelio llegó con el abrigo de piel. Le hubiera gustado responderle si acaso pensaba fregar con abrigo, pero contestó:

—No. Ahora, no. Ya no hace falta.

—¿Qué quieres decir con eso? —estalló ella.

Clara se dio la vuelta y siguió fregando.

—No sé si has querido insinuar algo, pero no me ha gustado el tono en que lo has dicho.

Matilde intervino:

—No te pongas así, hija.

—Yo vengo aquí de invitada —dijo Tina subiendo el tono de voz.

Clara siguió fregando en silencio.

–¿Acaso crees que a mí me gusta venir a tu casa a comer? –gritó.

Clara se dio la vuelta y la miró a los ojos.

–No hay que ponerse así, por favor, no discutáis –dijo Matilde.

–Si vengo es porque mi suegra insiste.

Entre ellas estaba su suegra y, detrás del abrigo de piel, Aurelio hacía esfuerzos por llevar a su mujer hacia la puerta de la calle. José y Eduardo estaban en la puerta del salón que daba a la cocina, sin reaccionar.

–Vamos, hijas, por favor, no discutáis –repitió Matilde.

–La culpa la tienen ustedes, por venirse a vivir aquí –gritó Agustina con la cara encendida, mientras intentaba desasirse del brazo de su marido–. Si se hubieran quedado en su casa, nada de esto hubiera pasado.

–Por favor, vámonos, te lo pido por favor –decía Aurelio con la voz temblorosa.

–Y tú también tienes la culpa por obligarme a venir todos los domingos –chilló la mujer mientras se volvía hacia él con la mano levantada.

En ese momento, Matilde corrió y se puso delante de su hijo, recibiendo la bofetada de su nuera en la mejilla. Aurelio cogió del brazo a su mujer y llamó a las dos niñas, que ya estaban entrando en la cocina. Los cuatro salieron por la puerta y la madre de José se echó a llorar.

Matilde no quiso cenar esa noche y apenas comió al día siguiente. Decía que le dolía el estómago. Clara insistió en que ella cocinaría, que se fuera a descansar. Eduardo no salió a pasear hasta el tercer día, cuando Matilde le dijo que se marchase.

Su suegra volvió ofrecerse a ayudar, pero Clara la obligó a descansar en la terraza. Apenas tenía fuerzas para levantar la hamaca. La ayudó a sentarse. Allí pasó toda la mañana, mientras ella arreglaba la casa. Cuando Eduardo volvió, preguntó por su mujer y ella le indicó donde estaba. Eduardo entró pálido a la cocina.

–Llama a una ambulancia –le dijo.

–¿Qué tal está tu madre? –le preguntó Clara.

La voz de José se oía interrumpida por el «bip» ocasional de la cabina telefónica.

–Parece que ha sido una indigestión... bip... Eso dice el médico.

–Pero si apenas ha comido en tres días.

–No sé. Le duele el estómago... bip... Ha vomitado. Dicen que puede ser eso.

–¿Y no será el azúcar? Lleva así desde el disgusto con, bueno, ya sabes.

–Ella está bien. Dice que no le pasa nada. Que está bien... bip... Vamos a esperar un poco. Después la llevaremos a casa.

–¿Cómo estás tú?

–Tengo que dejarte, viene el médico de nuevo –dijo José con la voz temblorosa.

A las ocho volvieron a casa. Clara tenía todo preparado. Matilde estaba muy pálida pero se esforzaba por sonreír. Dijo que solo se bebería un zumo y se marchó a la habitación, seguida por Eduardo.

Cenaron en silencio. En la cama, Clara no apagó la luz. Tenía que darle a su marido una noticia muy importante desde hacía dos semanas. No había podido hacerlo antes, pero ese día, él parecía más tranquilo.

—José, ¿estás despierto?

—Sí.

—Tengo que decirte algo.

—¿Sí?

—Importante. —Clara esperaba sorprenderle.

—Dime —dijo el sin cambios.

—Estoy embarazada.

Al día siguiente, antes de irse a trabajar, José se lo dijo a sus padres y Matilde pareció muy contenta con la noticia. Eduardo no dijo nada; solo preguntó cómo iban a llamar al bebé. Su hijo confesó que todavía no lo habían pensado, pero que si era chico, no quería que se llamase como él. El abuelo insistía en que el nombre, sobre todo el del primer varón, debía de ser como el del padre. Era la tradición, la de su familia, y debían continuarla. José cambió de tema y propuso ir a comer el sábado a un restaurante para celebrarlo. Buscó con la mirada un gesto de aprobación, pero Clara no pudo sino devolverle la mirada con el deseo de que la comida fuera para los dos solos.

La providencia quiso que el hermano mayor de José llamase para invitar a sus padres ese día. Ellos aceptaron encantados. Hacía tiempo que no lo veían. Clara se alegró aún más.

Fueron a un restaurante. Por fin volvía a tener a José para ella sola. Él no hacía más que hablar del nombre de su hijo o hija. Ella le cogió la cara entre sus manos, como hacía tiempo, y le dio besos en la frente y las mejillas. José se apartó un poco. Miró a ambos lados del restaurante.

Le cogió las manos sobre el mantel y le acarició los dedos sonriente.

—Llama a una ambulancia —La voz de Eduardo desde el salón sobresaltó a Clara que estaba haciendo la cama.

—¿Qué ocurre?

—Mi mujer. Mi mujer no responde.

La ambulancia tardó veinte minutos en llegar, casi lo mismo que José. Se fueron todos al hospital.

Entraron precipitadamente hasta la UVI. Los obligaron a quedarse en la recepción, dando sus datos a la señorita que estaba charlando con una enfermera. Clara se sentó en una silla que había al fondo. Escuchó un sonido desagradable de corriente entrecortada procedente del techo. Miró hacia arriba. Oyó a José gritarle a la señora que se diera prisa, que quería entrar a ver a su madre. Ella, ofendida, le contestó que fuese más respetuoso, que estaba en un hospital.

Uno de los dos tubos fluorescentes del techo estaba fundido. Su compañero, queriendo apagarse para no seguir trabajando por los dos, cansado de cubrir al otro, empezó a dar pequeños espasmos, produciendo aquel zumbido.

Después de un rato, la mujer de recepción le preguntó tranquila el nombre y apellidos de la enferma. Mientras, Eduardo no podía dejar de preguntar a su hijo qué estaría pasando dentro. Clara volvió a escuchar la corriente, sintiendo un escalofrío. José intentaba calmar a su padre, al tiempo que respondía a las preguntas de la señora.

Por fin salió un médico con dos jóvenes de bata verde.

–¿Son ustedes los familiares de...?

El zumbido volvió a sonar con fuerza. Clara miró hacia el techo.

–Sí –contestó José.

El fluorescente se apagó, dejándolos casi a oscuras.

–Vaya, hay que reponer los tubos –dijo uno de los jóvenes.

–Lo siento, ha llegado muerta –oyó decir al médico Clara.

–¿Cómo? –gritó José.

–No, no, no, no –repitió Eduardo, como si quisiera negar la muerte.

–...un infarto, parece de repetición –continuaba el médico.

–Pero... ¿Cómo?... Nos dijeron... Tuvo un cólico –balbuceaba José apenas sin aire.

–Lo siento mucho.

Y dicho esto, se volvieron a meter entre las puertas abatibles, como si quisieran evitar reacciones a la noticia. Clara oyó que decían que había que llamar a mantenimiento.

–¿Estarás contenta? –De repente Eduardo se volvió hacia ella y le repitió–, ya estarás contenta.

Ella sintió una punzada en el estómago.

# IV

Podía ponerse de parto en cualquier momento. Ese día más que nunca necesitaba que José estuviera en casa. Se asomó a la ventana y vio, a pesar de ser domingo, la avenida desierta. Había amanecido lloviendo con tal fuerza que no se distinguían las gotas de lluvia, sino solo contrastes de grises difuminados. Le gustaba imaginar que eran nubes que descendían para dejarse ver de cerca. A veces se sentía tentada de experimentar su humedad suspendida, pero a nadie se le ocurriría salir con ese tiempo; incluso los pequeños ríos que se formaban a ambos lados de la carretera buscaban rápidos una alcantarilla donde guarecerse. Sin embargo, un domingo más, José y su padre, debajo de un paraguas negro, se dirigieron a la parada del autobús que llevaba al cementerio.

La noche anterior, José insistió en hablar por primera vez de la muerte con ella. Estaban acostados y habían apagado la luz.

–Clara –le había dicho–, cuando yo muera, no me lleves flores a la tumba.

–Vamos José, por favor, no hables de eso ahora.

–Sí, Clara, escúchame. Cuando yo muera, quiero que me incineres.

–No sigas.

–Quiero que después cojas las cenizas y las tires al mar. ¿Me entiendes? Tíralas al mar. Lo que queda no significa nada. ¿Me estás escuchando?

–Sí.

—Si quieres, acuérdate de mí pero no lleves flores a un cementerio. ¿Me has entendido?

Clara asintió con un sonido leve, deseando terminar con el tema.

Quizás fuese esa conversación la que le hacía pensar ese día más en la muerte que en la futura vida. La casa era agradable sin los chillidos de la radio de Eduardo pero quería que su marido estuviera allí. El día anterior le dolía un poco el abdomen. Le había preguntado al médico cómo serían las contracciones, pero no le había quedado muy claro. No sabía si serían pinchazos insoportables o de una molestia difusa en el estómago.

A mitad de la mañana empezó a sentirse mal y se tomó una manzanilla. Una hora más tarde, el dolor no cesaba e incluso se hacía más intenso. José debía estar a punto de llegar, pensó. Al ir hacia la habitación, un líquido caliente le empezó a chorrear entre las piernas y corrió al baño. Entonces se oyó la puerta y José la llamó desde la entrada. Al verla con la falda empapada gritó:

—Padre, el niño, ya viene. Nos vamos al hospital.

Eduardo se sentó lentamente en un sofá y encendió la radio, mientras ella recogía atropellada un pijama, una bata y unas zapatillas. Bajaron los tres pisos a toda velocidad.

Tumbada en la camilla, esperando a José, empezaba a comprender que el médico no pudiera explicarle cómo eran las contracciones. No se trataba de un pinchazo, ni de un dolor de estómago, como cuando una comida te sienta mal. Era como si estuviesen haciéndote un agujero y desgarrándote. Tan insoportable como para no poder llorar, sino solo gritar. El doctor no paraba de decir que tenía que hacer más fuerza, a pesar de que ella empujaba hasta sentir que su cabeza iba a estallar por la presión. La matrona, por indicación del doctor, se echó encima de ella, apretando con los brazos semiflexionados sobre su tripa y dejando caer todo el peso de su cuerpo sobre el de ella. Clara hubiera querido empujarla para que se quitase, pero no podía moverse. José estaba en la cabecera de la camilla, en silencio.

De repente, la matrona se retiró y Clara sintió un peso caliente y húmedo encima de su pecho; el cuerpo desnudo, lleno de sangre y líquidos viscosos de un bebé de pelo moreno y largo. Miró la cara de su hijo, esperando encontrarlo parecido a ella.

–José, es igual que tú.

Él estaba allí, sonriendo tímido, como cuando a uno le encuentran haciendo algo que no debe, mirando al bebé y agarrando a Clara de la mano.

En la habitación les estaban esperando los padres de Clara y sus hermanos. Ella quería descansar, pero entendía que era una ocasión típica para reunirlos a todos. Era curioso, pensaba, que la familia se sintiese tan obligada a aparecer en momentos determinados. En el fondo no dejaba de ser una hipocresía. Podían estar todo un año sin hablarse hasta el día de un cumpleaños, una boda, un nacimiento, la Navidad, y volver a reunirse como si se acabaran de ver, con una tensión inevitable y subyacente. No pudo dormir hasta la noche, cuando por fin se marcharon.

Al día siguiente apareció su suegro con José. Clara esperaba ver su reacción. Tras recorrer una lista de más de cincuenta nombres, habían coincidido en que el niño se llamase Pablo. Eduardo miró un rato largo al bebé y así se quedó, hasta que la enfermera le dijo que tenía que salir al pasillo porque iba a curar a la otra parturienta de la habitación. Cuando volvió a entrar, juntó una silla a la cuna y siguió mirando a Pablo. De vez en cuando metía la mano y le tocaba la cabeza o le susurraba.

—Mi padre adora a los niños —le dijo José cuando se quedaron solos—. ¿Te has dado cuenta?

—No, no me he fijado.

—Sé que podría ser un buen abuelo —siguió él mientras le daba un leve beso en la frente.

—Yo no le voy a prohibir estar con su nieto, te lo aseguro.

—Clara, se trata de hacer la vida más fácil. Él ya es mayor para cambiar. Quizás podrías pedirle que lo pasee un día; ya verás cómo le gusta —Clara no contestó—. Confío en que el niño os unirá.

Ella guardó silencio.

Las enfermeras le habían dado pequeñas nociones acerca de los cuidados del bebé. Cuando José se marchó a trabajar, Clara le dio la primera toma de la mañana y se levantó a limpiar la suciedad de cuatro días. Puso una lavadora. «Bum, bum, bum» sonaba la ropa al dar vueltas. Metió los pañales en remojo en un barreño. Preparó la comida y volvió a la habitación para darle la siguiente toma al niño. Tendió la ropa. «Bum, bum, bum» volvió a sonar. El suegro volvió de dar un paseo y Clara le puso la mesa. Ella no tenía ganas de comer y se marchó a la habitación a descansar, pero el niño empezó a llorar de nuevo porque no había defecado en la toma anterior. «Bum, bum, bum». Le cambió los pañales. Dudó entre darle la siguiente toma o dejarle que durmiera media hora más. Al final, el niño quiso seguir durmiendo. Fue a tender la ropa. Frotó los pañales de las dos tomas anteriores. Retiró el mantel de la mesa de la cocina. Pablo volvió a llorar pidiendo su comida. Cuando quiso darse cuenta, era la hora de la cena. Se puso a cocinar de nuevo.

Esa noche su marido llegó más tarde de lo habitual. Se sentaron en silencio a cenar. José los miraba y de vez en cuando preguntaba cómo habían pasado el día o cómo había estado el bebé. Se le notaba que estaba cansado y que le suponía un gran esfuerzo intentar crear un ambiente agradable. Sin embargo, el leve calor de su conversación era insuficiente para derretir los dos bloques de hielo que tenía a derecha e izquierda. Cuando terminaron, Clara recogió la cocina mientras los dos hombres hablaban en el salón. Luego se marchó a la habitación a cambiarse y a dar la cena al niño.

Los días habían dejado de dividirse en día y noche para subdividirse en tomas. Sus oídos tenían grabados los llantos del bebé y los golpes repetitivos de la ropa en la lavadora. Ya no escuchaba los gritos de la radio. A veces, cuando estaba en la cocina, le parecía oír a Pablo llorar, y salía corriendo por el pasillo para encontrarlo durmiendo plácidamente. Sus ojos se apoyaban en ojeras. Andaba por la casa en bata o despeinada, sin tiempo para mirarse en el espejo. Se sentía agotada y su hijo debió notárselo, ya que a las tres semanas dejó de dormir y lloraba intermitentemente entre toma y toma.

—¿Es que no puedes hacer nada? —le dijo una noche José de mal humor.

—Le estoy intentando calmar. No sé qué le pasa, se debe haber quedado con hambre.

—Pues dale otra vez el pecho y que se calle.

—Pero aún no le toca.

—¿Y qué más da? ¿No ves la hora que es? Mañana tengo que ir a trabajar.

Ella miró entre las rendijas de la persiana y se dio cuenta de que debía de ser muy de madrugada por la oscuridad. Cogió al niño en brazos y se lo llevó al salón, acunándolo para ver si dejaba de llorar. Al no conseguirlo, lo llevó a la cocina y siguió paseando hasta que se quedó dormido justo a la hora de la toma. Tampoco le había cambiado el pañal, pero si lo despertaba se pondría a llorar de nuevo, de manera que decidió volver a la cama. A los veinte minutos, el niño empezó a pedir su comida.

—¿Otra vez? Así no hay quien duerma. Esto es insoportable —dijo José levantándose para irse al sofá.

—No, deja, ya me lo llevo. Descansa.

Empezó el ritual. Se dio cuenta de que sus pechos ya no estaban tan llenos de leche. Tenía que comer más pero no tenía hambre. Hacía tiempo que había dejado de sentir hambre y sueño, además de dejar de sentirse mujer. Su cuerpo estaba gordo, aunque no comía apenas. Los pechos hinchados caían sobre una tripa blanda. El pelo había perdido el brillo que tuviera durante el embarazo y se desmoronaba a su antojo sobre los hombros. La cara pálida tenía el único toque de color grisáceo de las ojeras. Su ropa eran el pijama y una bata de algodón con flores marrones, por falta de tiempo y porque no cabía en ninguna otra ropa. Sobre todo se sentía sola, como nunca antes se había sentido.

A la mañana siguiente se encontraron Eduardo y Clara en el pasillo. Se oyó el mugido habitual de él de buenos días, al que ella contestó con un levantamiento de cabeza. El anciano se fue directo a la cocina a desayunar, aunque ella sabía que en cualquier momento se iría a ver a su nieto. Muchas veces lo encontraba sentado en una silla al lado de la cuna, pero cuando ella aparecía se levantaba y balbuceaba algo así como que le había escuchado llorar o quejarse.

Seis meses más tarde, el niño había engordado y la rutina era mucho más cómoda. Clara volvía a tener tiempo para dormir. Los llantos habían cesado y sus oídos, aunque siempre alerta, volvían a percibir los ruidos del exterior.

Una tarde que su suegro había salido, llamó Aurelio. Hacía mucho tiempo que no hablaban; en realidad, desde la discusión de aquel domingo en su casa, pero en seguida reconoció su voz. Preguntó por su hermano. Clara le dijo que estaba trabajando, extrañada de que no lo supiera.

—¿Qué tal estáis? —preguntó él—. ¿Y el bebé?

—Bien, Aurelio, estamos bien.

Se disculpó por no haber ido a visitarlos, incluso por no haber ido a conocer al niño, en definitiva, por haberles dejado de hablar. Mencionó a su mujer, como echándole la culpa.

—Me gustaría ir a conocer a mi sobrino, si a ti no te importa.

—Aurelio, siempre serás bienvenido en esta casa. Además, tu hermano se alegrará de verte.

Entonces él preguntó si no le importaba que fuese una mañana entre semana, aunque no estuviera José.

Clara le respondió que podía ir cuando quisiera, porque en el fondo Aurelio siempre le había caído bien.

—Me gustaría que no se lo dijeses a mi padre —le pidió él—. No querría que mi mujer se enterase y ya sabes la buena relación que tienen ellos dos.

Clara no tuvo reparo en acceder.

—Incluso prefiero que no lo sepa José.

—¿Tu hermano? ¿Por qué no?

—Así es más seguro —dijo él.

—Ya, pero yo no puedo mentirle.

—Clara, no se trata de mentir, sino de no decir toda la verdad.

Ella se quedó en silencio.

—¿Hasta pronto entonces? —preguntó él.

Ella respondió que sí, pero después de colgar, estuvo pensando en la justificación que Aurelio le había dado para mentir. Para ella, ocultar algo tan importante no era otra cosa mas que mentir. Aunque en realidad, se dijo, que él fuese a conocer a Pablo tampoco era tan importante.

En la cama, José se quedó dormido. A ella le hubiera gustado hablar con él, incluso revelarle que había llamado su hermano o que el niño ya parecía entender lo que le decía, pero le besó la frente y apagó la luz.

Hacía tiempo que no se dejaba acariciar por el sol de media tarde y que no veía a la gente tan de cerca. El parque cercano a su casa estaba vacío. Se sentó en uno de los bancos. A pesar de haber salido con Pablo a pasear, se sentía sola, quizás por eso se alegró de ver a una vecina que llegaba con un bebé en un carrito parecido al suyo. Se habían encontrado en varias ocasiones en el mercado. Era una chica joven, como ella, morena y, en su opinión, demasiado delgada para haber tenido un niño. Su jersey rosa pálido y los pantalones grises aún le estilizaban más la figura. La espalda recta y el gesto de la barbilla le daban la apariencia de no necesitar a nadie.

–Buenas tardes –dijo Clara esperando a que se sentara en el mismo banco que ella.

Ella respondió sorprendida.

–Hace un día estupendo para pasear, ¿verdad? –insistió Clara al ver que la otra asentía pero que iba a pasar de largo.

–¿Qué es, niño o niña?

–Niña.

–¿Y qué tiempo tiene?

Por fin la mujer se detuvo, se sentó y descubrió a la niña envuelta en tonalidades de rosa. Ambas se llamaban Nuria y vivían dos bloques más arriba. Su marido estaba a punto de llegar del trabajo, dijo, y cuando lo vio a lo lejos, se levantó para despedirse de ella con un «hasta otro día».

Esa misma noche Clara le preguntó a José si no era posible que saliera temprano del trabajo. Él contestó que no, que estaba pendiente de un ascenso y que lo conseguiría si tenía la titulación adecuada. Le pareció una casualidad que sacase el tema, porque llevaba unos días pensando en matricularse en la universidad a distancia para estudiar graduado social que, como ella ya sabía, era algo que deseaba hacer desde hacía mucho tiempo.

Al día siguiente, un poco antes que la tarde anterior, Clara salió en busca de su vecina. Se sentó en el mismo banco, mirando hacia ambos lados del parque. Antes de salir de casa había tenido una conversación con su suegro y ahora se la repetía una y otra vez, como el vuelo insistente de un mosquito.

—¿Acaso vas a salir tan pronto con el niño? —le había preguntado él.

Como no estaba acostumbrada a escuchar su voz dirigiéndose a ella, se volvió sorprendida desde el pasillo, de camino a la habitación de Pablo. Asintió.

—Aún está dormido. Podrías esperar al menos a que se despertase.

—No voy a despertarlo. Puede seguir durmiendo en el carrito.

—Pero si va a ir durmiendo, no entiendo para qué lo llevas a dar un paseo.

Clara se quedó en silencio antes de dar una razón convincente:

—Porque después tengo que preparar la cena.

—Aún es temprano —insistió él de mal humor.

Quiso contestarle, pero al final se decidió a coger al niño y salir por la puerta.

Tan ensimismada estaba recordando el incidente, que a punto estuvo de no ver a Nuria. Se saludaron y de nuevo ella se sentó en el banco. Hablaron de las cantidades de leche con papilla que comía cada bebé, de los problemas con los gases, de las cremas hidratantes y de la postura más adecuada para echarlos en la cuna. Cuando apareció el marido a lo lejos, Nuria se despidió con un «hasta mañana».

Cuando acostó a Pablo, recogió la cocina y se marchó a la habitación. Allí, José le confirmó que se había matriculado en la universidad a distancia y que a partir de ese momento necesitaría los fines de semana para estudiar.

El domingo José y Eduardo volvieron a marcharse al cementerio. Habría salido sola con el niño, pero no le apetecía ver a otras familias paseando y se quedó con él mirando las imágenes en blanco y negro del televisor.

Hacía lo posible por salir todas las tardes a la hora que suponía que Nuria estaría en el parque, pero el jueves tardó un poco más en llegar. Esta vez ella no venía sola, sino con una chica rubia, igual de estirada que ella, pero con una sonrisa ensayada, como la de una presentadora de televisión. Clara miró al suelo cuando pasaron frente a ella, sin atreverse a invitarlas a compartir banco. Sin embargo, Nuria la saludó. Le presentó a su amiga y vecina. Se llamaba Inés. Su pelo, su cara y su ropa olían a feminidad. Clara pensó en el tiempo que hacía que ella no usaba perfume.

Se sentaron y esta vez hablaron sobre tejidos. Según Nuria, el único que debían llevar los bebés era el algodón cien por cien. Inés estaba de acuerdo, pero además aseguraba que la ropa mejor cosida era la de una tienda del centro. Clara se limitó a escucharlas y a darles la razón. Pensó que un día tendría que ir allí a comprar ropa para Pablo.

El miércoles esperó a que Eduardo llegara de su paseo matutino para tantear la posibilidad de dejarlo solo con el niño y poder ir a comprar. El suegro entró y se dirigió a su habitación. Ella se quedó en el pasillo; sabía que volvería a salir, con su radio, a sentarse en un banco del parque. No se equivocó.

—¿Va a bajar? —le preguntó.

Él se sorprendió y a continuación frunció el ceño.

—Sí, ¿qué pasa?

Clara no supo qué responder, así que se limitó a decirle adiós. Él contestó con un mugido y salió rápido.

Si quería ir a comprar, tendría que hacerlo con el niño, se dijo. En ese momento sonó el teléfono. Era Aurelio.

—Tu padre está en el parque enfrente de casa —le advirtió Clara.

Él sugirió ir a un sitio cercano, a la cafetería de la avenida.

—¿A qué hora estarás aquí?

—En media hora.

Clara corrió al baño. Se recogió el pelo, se puso una falda marrón y una chaqueta verde.

—El que con verde se atreve... —dijo Aurelio con su sonrisa dulce nada más verla.

La cogió de los antebrazos y le dio dos besos, como siempre, mencionando lo guapa que estaba. Después, se acercó al niño y dijo que era idéntico a su hermano. Ella asintió. Entraron en la cafetería.

—Siento mucho que no podamos vernos todos juntos, Clara, de veras —dijo él mientras bajaba la cabeza hacia la mesa y dejaba que sus ojos cayeran al mismo tiempo.

—¿Qué tal están tu mujer y tus hijas?

—Bien. Y mi hermano, ¿tan ocupado como siempre?

—Ha empezado a estudiar en la universidad.

–¿Y cómo estás tú?

–Bien.

Él insistió en la pregunta y ella volvió a asentir

–No sé –dijo Aurelio–, cuando mi padre viene a casa a comer, no me da la impresión de que todo vaya bien.

–Como siempre.

–¿Como siempre? Cuando mamá vivía no era así.

Ella lo miró en silencio.

–Entonces, ¿no eres feliz?

¿Qué clase de pregunta era esa? pensó Clara. ¿Acaso iba ella por ahí indagando el interior de los demás?

Pero él volvió a preguntárselo.

«Felicidad», se dijo Clara. ¿Había alguien feliz? No. La felicidad era un instante, un periodo, a veces más largo, otros más breve en toda una vida. Ella había tenido momentos de felicidad, a su manera, porque también la felicidad se vive de muchas formas. Había gente que sonreía o gritaba de felicidad; otros, como ella, simplemente disfrutaba en silencio. Pero no manifestar alegría no significaba ser menos feliz. Ella se había acostumbrado a los problemas, más que a los instantes de felicidad. Sabía que algunas personas tenían pocos problemas, pero importantes; otras tenían muchos, pero nimios; otras no los tenían y los creaban, pero de una cosa estaba segura: de que todo el mundo tenía problemas, incluso él, ahí sentado, mientras tomaba un café.

–No sé medir la felicidad para saber si la que siento es mucha o poca –contestó ella.

–Buena respuesta –dijo Aurelio alzando la taza de café a modo de brindis–. ¿Sabes?, siempre pensé que eras una mujer especial.

Le hubiera gustado saber qué la hacía parecer especial para serlo aún más. Se lo podría preguntar, pensó. Sin embargo le dijo:

–¿Te gusta el café?

–Sí –contestó él mirando el reloj–. Debo irme ya. Te he traído este regalo para Pablo. Es un traje de algodón de una tienda del centro. Parece que son los mejores de Madrid.

Ella sonrió al verlo. Ya no tendría que salir de compras.

Se levantaron de la mesa y quedaron en despedirse allí mismo. Él le dio dos besos e insistió en que la siguiente semana volvería a repetir la visita porque quería ver crecer a Pablo. Ella pensó que iba a crecer poco en una semana pero sonrió y le dijo que con mucho gusto.

# V

Se sobresaltó en la cocina al oír la puerta. Era demasiado temprano para que Eduardo hubiera vuelto. Se secó las manos. Se dirigió al pasillo, seguida de Pablo con sus pasos aún titubeantes.

—¿Qué haces aquí?

—¿Cómo que qué hago aquí? —respondió José.

—No te esperaba tan pronto.

—El mes que viene tengo exámenes en la universidad y he pedido permiso para salir temprano.

—No me lo habías dicho.

—No pensaba que tenía que hacerlo. ¿Pasa algo?

—No, no, ¿qué va a pasar? No pasa nada.

La besó en la mejilla, después cogió al niño, lo besó a su vez en la frente y se encerró en la habitación con un libro. Clara volvió a la cocina para terminar de recoger. Avisó desde la puerta que se bajaba al parque con Pablo.

Dio un rodeo para que Nuria, que estaba esperándola con su hija en el banco, no la viese. Le pareció que Inés estaba con ella.

Al abrir la puerta de la cafetería, encontró a Aurelio. Estaba sentado en la mesa del rincón del fondo, mirando con impaciencia, como todos los jueves últimos de mes.

—A partir de ahora tendremos que vernos por la mañana.

—¿Por qué? —le preguntó él extrañado, mientras el camarero le servía un café.

—Porque José ha comenzado a venir temprano a casa para estudiar.

–Vaya.

–Otra opción sería comentarle lo de tus visitas. Yo no creo que él vaya a decírselo a tu mujer.

–No quiero ni pensar en que ella lo llegara a saber.

–Tampoco creo que sea tan grave ir a ver a tu sobrino.

–Clara, no sé qué pasaría si se enterara de que llevamos casi un año viéndonos a escondidas.

–Sigo pensando en que no es tan grave.

–Tú no la conoces.

–No. En eso tienes razón.

Clara miró a Pablo que sonreía desde su sillita mientras jugaba con una pelota de goma azul que le había llevado Aurelio. Le asaltó la imagen grotesca de su cuñado dentro de una pelota de goma azul, intentando protegerse en una esquina, mientras su mujer se reía, la recogía y volvía a lanzarla. Intentó sin éxito imaginarse a su marido en la misma situación.

–¿Sabes que Inés es modista? –le preguntó Nuria al día siguiente en el parque.

–No, no lo sabía –contestó Clara mientras se sentaba en el banco.

En más de una ocasión había pensado que nunca intimarían, pero se equivocó; últimamente Nuria llegaba más temprano y con ganas de hablar.

–Por eso siempre va tan bien vestida. Por eso y porque, bueno, se rumorean cosas...

Clara se agachó a recogerle al niño su pelota azul.

—...cosas como que está liada con alguien.

—Bueno, no está casada, se supone que puede estarlo con quien quiera.

—Ya, pero se dice que está liada con un hombre casado.

—¿Sí? ¿Y cómo saben que está casado?

—La vecina de abajo dice que oye voces de hombre de vez en cuando.

—¿Y acaso tiene una voz diferente el casado del que no lo está?

—No, no es eso. Es por las horas a las que los oye. Nunca en fin de semana. Se cree que está liada con su jefe.

—¿Y quién lo cree?

—Pues no sé, es lo que se dice.

En ese momento apareció Inés con su sonrisa ensayada. Nuria se levantó y le dio dos besos. Clara se quedó observándolas.

—Cada día estás más guapa, Inés. No sé cómo sigues soltera aún. ¿Verdad Clara?

Ella devolvió una mirada silenciosa a Nuria y después a Inés. Hizo un hueco para que se sentase con ellas.

—No Clara, gracias, hoy no puedo quedarme. Y, Nuria, si aún sigo soltera, es porque quiero. Que no se te olvide.

Las dos se sonrieron y volvieron a besarse como despedida. Cuando doblaba la esquina de camino a casa, Nuria insinuó que seguro que había quedado con el jefe.

José aún estaba en la habitación estudiando cuando ella regresó, así que se llevó al niño a preparar la cena. No le gustaba que anduviera por la cocina, porque quería tocarlo todo. El suegro llegó en ese momento. Saludó con su mugido y le hizo señas a escondidas a su nieto para que lo siguiera hasta el salón. Clara simuló no verlo, lavando unas verduras en el fregadero, mientras Pablo salía de la cocina.

—Estoy seguro de que aprobaré todo este año —dijo José durante la cena—, lo que significa que el aumento no puede demorarse.

Ella se levantó a servir un poco más de agua; notó que él miraba atento su reacción.

—Me siento orgulloso de ti, hijo —comentó su padre.

Ella siguió en silencio.

—¿Cómo es que hoy has vuelto tan temprano del parque? —preguntó José.

—¿Tan temprano?

—Sueles regresar más tarde.

Ella se encogió de hombros y no dijo nada.

Aurelio llamó a las doce de la mañana, después de tres semanas y dos días, para encontrarse en la cafetería habitual media hora más tarde. Clara avisó de que quizás no llegaría a tiempo, pero que lo iba a intentar. Vistió a Pablo y se arregló el pelo. Se puso un vestido gris perla que guardaba para los fines de semana, pero se acordó de que Eduardo llegaría antes que ella a casa y se lo cambió por unos pantalones negros y un jersey añil.

—Qué guapa estás, Clara —le dijo él, mientras la cogía por los antebrazos y le daba dos besos.

—Siempre dices lo mismo.

—Porque es verdad.

—Pablo no ha dejado de jugar con la pelota que le regalaste la última vez.

—Hoy le he traído este muñeco. Mira Pablo, mira como da vueltas. ¿Me has echado de menos, pequeñín?

El niño alargó la mano con los ojos muy abiertos deseando experimentar con su nuevo juguete.

—¿Y tú? ¿Me has echado de menos, Clara?

—Por favor, Aurelio. ¿Qué tal en el periódico?

Él le contó que llevaba tiempo detrás de una noticia que saldría publicada en dos semanas. Estaba muy emocionado y hablaba atropelladamente. Ella le escuchaba distraída, mientras echaba un vistazo al niño que daba vueltas al muñeco.

De repente dejó de hablar para decirle:

—Estás más delgada.

Ella sonrió; bajó los ojos hasta el café de Aurelio, que aún estaba intacto.

Él miró su reloj y le dijo que tenía que marcharse.

Mientras esperaba en el salón a José, creyendo que llegaría temprano como lo había estado haciendo hasta entonces, se puso a ordenar los libros apilados en el estante bajo la televisión. José era socio del Círculo de Lectores y empezaban a tener una colección abundante. Se sintió tentada de elegir uno. Pablo le tiró de la falda emitiendo leves quejidos. Lo cogió en brazos.

La tarde avanzaba y al final decidió bajarse al parque con él. Nuria e Inés ya estaban allí, hablando de lo mal vestidos que iban los hijos de una de las vecinas o de los bocadillos que todas las noches tomaba para cenar otra. Clara permanecía en silencio, pensando en lo poco que le importaba lo que hacían los demás con sus hijos, cuando de repente apareció José.

—¿Qué haces tú aquí? —dijo Clara sorprendida.

—Te he visto y quería saludaros antes de subir a casa. Hoy me he retrasado un poco —dijo y le dio un beso en la mejilla. Después cogió a Pablo para besarlo también—. Buenas tardes —saludó dirigiéndose a Inés y a Nuria.

Clara los presentó.

—Encantado —dijo él sonriéndoles como hacía tiempo que no lo hacía con ella.

—Igualmente —contestó Inés irguiéndose un poco—. Tu mujer apenas nos habla de ti.

José cogió a Clara cariñosamente por los hombros. Ella no lo miró. Se quedó en silencio.

—¿Y a qué te dedicas José? Si no es indiscreción —dijo Inés acompañando sus palabras de una mueca de niña curiosa.

—Preferiría que me preguntases que a qué quiero dedicarme. Estoy estudiando para conseguir un ascenso.

—Vaya, qué interesante.

Hacía tiempo que Clara no escuchaba esa palabra. Intentó hacer memoria y enseguida se acordó de Julia, del taller de plancha.

Cuando José se marchó, Inés le dijo que le parecía muy simpático. Ella la miró e hizo una mueca pensando en qué vería de simpático en su marido.

—¿Dónde vive esa amiga tuya, Nuria? —le preguntó José durante la cena.

—Dos bloques más abajo. ¿Quieres más filete? Ha sobrado uno.

—¿Quién? —preguntó Eduardo.

—Una vecina que tiene una niña de la edad de Pablo. ¿Solo tiene esa niña?

—Sí. ¿Quieres el filete?

—No, no quiero más. ¿Y su marido? ¿Sabes dónde trabaja?

—No. Voy a coger los cuchillos buenos, estos apenas cortan.

—¿Y la otra? No recuerdo cómo se llamaba... ¿Dónde vive?

—No lo sé exactamente. Un par de bloques más arriba.

—¿No tiene niños?

—No. ¿Corto un poco más de pan?

—No, por mí no. ¿Quiere más pan, padre?

—No. ¿Cómo se llama la otra?

—Sí, Clara, ¿cómo se llama, que no me acuerdo?

—Inés.

—Y su marido, ¿dónde trabaja?

—No tiene marido.

—Qué raro.

—¿Por qué es raro? —dijo Eduardo casi leyéndole el pensamiento a Clara.

—No sé, porque es una mujer muy...

Se quedó en silencio. Clara lo miró a los ojos.

—...muy agradable.

El domingo de nuevo vio desde la ventana como se marchaban José y su padre al cementerio. Se sentó en el sofá. Pablo llamaba su atención con el muñeco que le había regalado Aurelio en su última visita. Se quedó mirándolo. Protestaba para que ella se levantase y jugase con él. Se lo llevó a la habitación y se sentaron en el suelo. Le lanzó rodando un coche rojo. Él se rió y se lo devolvió con fuerza. A Clara le apetecía salir. Estaba cansada de estar en casa. Sin embargo ese día no había gente en el parque, solo parejas de la mano o familias.

Puso la televisión y Pablo se quedó anestesiado con las imágenes. Ella se sentó de nuevo en el sofá. Después de un rato, se levantó a preparar la comida. El niño volvió a seguirla. Le dio un trozo de zanahoria para que se entretuviera mordiéndola mientras ella cocinaba.

Padre e hijo entraron de vuelta del cementerio, y apenas hablaron durante el almuerzo. Ella recogió la mesa y fregó los platos. Eduardo se entretenía con su nieto. José le dijo que iba a estudiar y se encerró en la habitación. Clara miró por la ventana. La tarde estaba soleada y no parecía hacer mucho frío fuera. Cómo le hubiera gustado salir a dar un paseo.

Se decidió a planchar unas sábanas y dos camisas de José. La práctica que tenía de su anterior empleo hacía que fuese la tarea que menos tiempo le consumía. Aún le faltaban horas para poder preparar la cena. Salió a la terraza. Volvió al salón. Podría quitar las fundas del sofá para lavarlas, pensó. Abrió las cremalleras de los cojines e introdujo las fundas en la bañera con agua templada y detergente. Se puso de rodillas y frotó hasta cansarse.

Aquello le recordó a su madre, en el pueblo, inclinada en el pilón del lavadero con la tabla de madera ondulada a un lado y el barreño de ropa sucia al otro. En invierno buscaba una piedra para poder golpear el agua helada de la superficie. Cuando conseguía hacer un hueco en el hielo, introducía la tabla en él y castigaba con un jabón de sosa casero las prendas una a una contra la madera mientras cantaba. A Clara le parecía más un grito de amargura que un canto. A veces le pedía que se callase. Entonces su madre cantaba aún más fuerte. Cuánto le hubiera gustado no tener que acompañarla, pero cómo negarse.

Retorció las fundas y las llevó dentro de un barreño hasta la terraza. Cuando las tenía tendidas, vio que ya podía preparar la cena. El niño apareció en la cocina y ella le peló otra zanahoria. Después de darle de cenar, puso la mesa para ellos y llamó a José. Acostó a Pablo y volvió a la cocina. José dijo que le dolía el estómago y la cabeza, así que comió poco y en silencio. Eduardo se acabó todo y se marchó a dormir. Cuando recogió la cocina, se alegró de que el día hubiera terminado ya.

Nuria e Inés hablaron de sus planes del fin de semana. Nuria había lavado las cortinas del salón y después habían salido a comer a la Casa de Campo, terminando su relato con la emoción que habían sentido al escuchar su primer «mamá» y «papá». Clara no tenía nada que decir, salvo que había desterrado por fin la silla de paseo de Pablo. El niño caminaba perfectamente. Inés les contó que había ido el sábado a Segovia con unas amigas solteras.

También al cine. «Yo sola», dijo sin ánimo. Clara pensó que le gustaría ser capaz de ir sola al cine o a pasear. Quiso decírselo a Inés, pero no lo hizo.

—Buenas tardes —dijo José sorprendiéndolas de nuevo.

La primera que saludó fue Inés.

—¿Qué haces tú aquí? —preguntó Clara mientras recibía un leve beso en la mejilla.

—Hoy he vuelto a salir temprano; he tenido una clase presencial en la universidad.

—Ya —dijo ella queriendo decir que no lo sabía.

—¿Estás leyendo *Nada*? —le preguntó Inés de repente.

—Sí —contestó José mostrando el libro que llevaba en la mano—. ¿Lo has leído?

—Sí.

—Desde luego el principio es interesante —comentó José.

—A mí me llamó la atención el título.

—Sí, tiene gracia. Si alguien te pregunta qué lees y contestas que «nada».

Ambos se rieron. Clara también sonrió, aunque estaba fuera de aquella conversación.

—Me gusta como está escrito. Las metáforas que utiliza son fantásticas —dijo él.

Nuria, que parecía odiar estar en silencio, le comentó a Clara que no le gustaba demasiado leer, para continuar hablando de lo que le costaba dar la papilla de frutas a la niña. Clara, sin querer, fue desapareciendo de la primera conversación y acabó recomendándole a Nuria que añadiera dos galletas al puré de su hija.

Cuando se despidieron, subieron juntos a casa. Ella le preguntó qué era una metáfora, a lo que él respondió que era una manera de expresar una idea o una acción sin emplear las palabras habituales, sino otras con sentido estético. Él le dijo también que hacía tiempo que no usaba perfume y que podía pedirle a Inés que le recomendase uno. Clara lo miró en silencio.

El niño no paraba de moverse en casa. Para él todo era motivo de búsqueda y experimentación, de manera que ella decidió cambiar de lugar todas las figuras delicadas, tapar los enchufes y asegurar las puertas de los armarios con cinta aislante.

Cambió el lugar de encuentro con Aurelio. Pablo no era capaz de aguantar diez minutos sentado en una silla de la cafetería, a pesar de tener en cada ocasión un juguete nuevo que analizar.

—¿Estás segura de que mi padre no pasea por aquí? —preguntó Aurelio receloso.

—Muy segura. Él se reúne por las mañanas con unos jubilados en el casino, como él lo llama. En realidad es una cafetería con juegos de mesa y periódicos gratis. Este parque está en dirección opuesta al casino.

—Mira lo que te he traído, Pablete, un perro de madera. Cógelo de aquí, de la cuerda y paséalo, corre. ¿Cómo estás Clara?

—Bien —contestó ella sin perder de vista al niño.

—A ti también te he traído un regalo —dijo él mientras le entregaba un paquete rectangular, casi plano, envuelto de un rojo radiante.

—No puedo aceptarlo. Lo siento.

–¿Cómo que no puedes aceptarlo mujer? Si es un detalle sin importancia. Lo vi y pensé que te quedaría muy bien.

–No, de verdad. No puedo aceptarlo.

–¿Cómo vas a rechazar un regalo que quiero hacerte?

–Simplemente no quiero que me hagas regalos.

–De acuerdo; a partir de ahora no lo haré, pero acepta este. Piensa que es por tu cumpleaños o porque hace mucho tiempo que no nos vemos. Son dos buenas razones, ¿no te parece?

Ella se quedó en silencio, observando el paquete que él mantenía extendido. Lentamente alargó la mano y lo cogió. Desenvolvió el papel que dejaba al descubierto una caja anaranjada. Al abrirla, un pañuelo en tonos malvas brillaba ondulado en su interior. Lo tocó notando la suavidad de la seda. Ella nunca se había comprado un pañuelo así, pero había planchado más de uno.

–No puedo quedármelo. ¿Cuándo voy a usarlo?

–Guárdalo y póntelo cuando nos veamos.

–Lo siento, pero no tiene ningún sentido quedarme con algo que no puedo usar si no es en secreto.

–Quiero que cada vez que abras el cajón y lo veas escondido, te acuerdes de mí.

–No sé, es demasiado arriesgado. Si José lo viese por accidente...

–...escóndelo. No me digas que no tienes un sitio donde ocultar un pañuelo.

Ella volvió a rozarlo con la yema de los dedos.

–Vamos, pruébatelo.

–Está bien. Solo para ver qué tal me queda –dijo al fin.

Aurelio se lo colocó alrededor del cuello.

—Perfecto. Estás preciosa.

Ella ocultó su sonrisa bajo el pañuelo.

Lo dobló cuidadosamente y lo introdujo en uno de los bolsillos del abrigo.

En casa tuvo la sensación de que se le podía notar que llevaba algo escondido, pero Eduardo aún no había regresado de su paseo matutino. Actuó con rapidez. Entró en la habitación y se puso a abrir todos los cajones. Ninguno le parecía seguro. Oyó la puerta. Debía ser su suegro. Siguió buscando un sitio apropiado. José entró en la habitación. Ella se quedó inmóvil por un momento.

—¿Qué haces tú aquí?

—Clara, últimamente no haces más que preguntarme lo mismo. ¿Acaso te sorprendes tanto de verme? —le dijo mientras cogía a Pablo para besarlo.

—No. ¿Por qué? Qué tontería. Simplemente no te esperaba tan pronto.

La mano dentro del bolsillo del abrigo apretaba con fuerza el pañuelo.

—Ya me imagino. He vuelto antes porque hoy tengo examen en la universidad y me han dado el día libre. Voy a comer temprano y a estudiar.

—Bien. Prepararé la comida —dijo ella mientras se disponía a salir de la habitación.

—¿No te quitas el abrigo?

—¿Cómo?

—Que si no te quitas el abrigo para ir a la cocina.

—No... sí. De momento no. Tengo una... una mancha y voy a ver si lo puedo limpiar.

Salió rápida por el pasillo sintiendo un temblor en las piernas. Dejó el abrigo sobre una silla de la cocina. Cortó una cebolla y un pimiento verde, puso a calentar una sartén con aceite y encendió el extractor. Cuando el aceite estuvo caliente, lanzó los trozos de verdura picados en él y una cortina de humo la cegó por un instante. Con una paleta los removió para evitar que se quedaran pegados. Por el rabillo del ojo vio a Pablo hurgando en los bolsillos de su abrigo. Tiró la paleta y cogió al niño de la mano, quizás más fuerte de lo que habría querido. Pablo emitió un grito, justo cuando José entraba en la cocina.

—¿Qué ocurre?

—Nada. Este niño, que siempre lo toca todo. No hay forma de cocinar con él aquí dentro.

—Estaba tocando el abrigo, no pasa nada.

—Ya. Ahora es el abrigo, luego las puertas del armario de las cacerolas, en fin, que no se está quieto.

—Voy a llevármelo. Lo cuelgo y después limpias la mancha —dijo él cogiendo el abrigo.

Clara no podía respirar al ver que del bolsillo asomaba la punta del pañuelo.

—No. Deja. Ya lo llevo yo —le dijo arrebatándoselo de las manos.

José frunció el gesto. Ella sabía que no era el tono apropiado para hablarle, pero estaba tan nerviosa que se dio media vuelta y salió hacia la habitación. Metió el pico del pañuelo dentro del bolsillo y colgó la prenda en la última percha del fondo del armario. Iba a salir, pero pensó que todo había resultado demasiado sospechoso. Quizás debería esconder el pañuelo cuanto antes. Revolvió nerviosa su cajón de los pijamas y se decidió por introducirlo muy doblado en la pernera de uno de los pantalones.

Al abrir la puerta de la cocina, un humo espeso la envolvió con el mensaje de haber dejado demasiado tiempo la sartén en el fuego. Abrió las ventanas del tendedero. Desde la puerta de la cocina, se puso a girar un paño agarrado por el extremo a modo de ventilador. Nerviosa, repitió la operación con una sartén limpia.

José no le dirigió la palabra durante la comida, pero tampoco por la tarde, a pesar de que ella no salió al parque. Ni durante la cena, ni en la habitación a solas, ni al día siguiente antes de irse a trabajar.

Clara estaba tan disgustada que no le apetecía ver a nadie, pero Nuria llamó para preguntar si acaso no iba a bajar tampoco esa tarde. En el banco guardó silencio. Nuria no parecía notarlo, porque hablaba sin parar. Hasta que se calló para preguntarle si le pasaba algo, justo cuando Inés llegaba, lo que evitó que Clara tuviera que responder.

# VI

Puso la radio y volvió a escuchar la noticia que durante una semana invadía las emisoras, las calles y los periódicos: Franco había muerto. José parecía tranquilo, de manera que ella también lo estaba. Le había escuchado hablar con Eduardo el domingo, antes de ir al cementerio. Le había preguntado a José qué pasaría ahora que Franco había muerto. Él respondió que no iba a pasar nada, o al menos nada peor. Que no se preocupase.

Exceptuando eso y la escolarización de Pablo en septiembre, la vida seguía igual.

El tópico sobre la futilidad del tiempo no se cumplía sino a largo plazo, pensó. Tres años habían caído velozmente con el impulso de unas fichas de dominó dispuestas en hilera. Sin embargo, había ocasiones en las que el tiempo hacía todo lo posible por detenerse, por hacerle sufrir cada uno de los segundos que componían el minuto y los minutos que lentamente formaban la hora, y las horas que se eternizaban hasta llegar al final del día.

No se le habría ocurrido romper esa monótona rutina, de no haber sido por las citas mensuales con Aurelio. La libertad que le proporcionaba el colegio de Pablo servía para la elección del lugar de encuentro. En esta ocasión, una cafetería a las afueras de Madrid.

Clara se había cortado el pelo, aunque poco para que se notara. Abrió la puerta de cristal ahumado de la cafetería y el suave rumor de varias conversaciones la rodeó. El olor a tabaco se mezclaba con el del chocolate caliente y el café. En una mesa al fondo estaba ya esperando Aurelio.

—¿Te has cortado el pelo? —dijo nada más verla.

—Un poco —contestó ella con una sonrisa tímida.

—¿Qué tal Pablo en el colegio?

—Bien —dijo Clara quitándose el abrigo.

—¡Llevas el collar que te regalé! Estás preciosa.

—Gracias.

—Sigues ruborizándote cuando te lo digo. ¿Cuándo te acostumbrarás?

—Nunca.

—Entonces tendré que seguir diciéndotelo hasta que lo hagas.

—¿Y para qué quieres que me acostumbre? —dijo ella mirándolo a los ojos.

—Para tener más confianza conmigo —dijo él evitando su mirada.

—A estas alturas yo creo que tenemos suficiente confianza —respondió ella mientras miraba por la ventana.

—Yo quiero más —dijo él.

Ella se extrañó:

—¿Para qué?

—No sé, Clara, pues para que seamos como una pareja —dijo él mientras descansaba la espalda en la silla.

—¿Una pareja? —preguntó ella sorprendida—. Por favor Aurelio, ¿qué tipo de pareja es esta?

—Me gustas mucho Clara —insistió él apoyando el pecho en el filo de la mesa.

El camarero se acercó con la bandeja para servirles. Aurelio se retiró, reclinándose en el respaldo de la silla y alzando la mirada. De repente, se levantó con un movimiento rápido y se dirigió a la barra. Ella lo observó extrañada. Él se dirigió hacia un señor que acababa de entrar en la cafetería, un hombre alto, fuerte, con un traje de chaqueta oscuro. A Clara le llamó la atención el brillo de sus zapatos. Lo perseguía el humo blanco de un puro que le colgaba de la comisura de los labios.

Clara le oyó decir que se alegraba de verlo. Se dieron un abrazo. El hombre le preguntó si quería acompañarlo y Aurelio se quedó por un momento tenso, sin atreverse a responder. El otro quiso saber si esperaba a alguien y él, reaccionando enseguida, respondió que no y que con mucho gusto tomarían algo juntos, que acababa de llegar. Se sentaron en la barra. Aurelio llamó al camarero, el mismo que les acababa de servir. Asombrado, el sirviente atendió la petición de dos cafés. Clara se levantó, dejó dinero sobre la mesa y se marchó.

¿Por qué había dejado que él le dijese esas cosas?, pensó de camino a casa. ¿Confianza? ¿Una pareja? Qué tonterías estaba diciendo. No estaba dispuesta a nada más. De hecho, ni siquiera sabía cómo había llegado a esa situación. ¿Por qué seguía quedando con él? ¿Por qué aceptaba sus regalos? Ella no quería nada de eso. ¿Qué le estaba pasando? «Eres una necia» se dijo.

Subió a su casa. Dio vueltas buscando algo que hacer. Pocos minutos después el olor a canela y a leche caliente inundaba el pasillo. Oyó el ruido de las llaves abriendo la cerradura. Vio la silueta de Eduardo tras el cristal amarillo de la puerta de la cocina. Le pareció que hacía ademán de entrar, pero finalmente él siguió de largo. Una vez preparado el arroz con leche, fue a buscar a Pablo al colegio.

José llegó temprano. Eduardo se había ido a visitar a su otro hijo. Pablo se acostó a las ocho, de manera que el matrimonio cenó solo. Al principio se escucharon únicamente los cuchillos arañar el plato.

—¿Qué tal en el trabajo? —preguntó Clara.

—Bien.

Los vasos golpearon al volver a la mesa. Clara pensó en qué decir: podrían hablar de Pablo, pero ya lo habían hecho.

–¿Y tu ascenso? –se le ocurrió a ella de repente.

–Ya te lo dije –contestó él dejando de comer–. Necesito terminar la carrera. Bastante presionado estoy ya como para que tú me presiones también.

–Perdona, yo solo quería...

–...la oficina, los gastos, estudiar, asistir a clase. No puedo más. Estoy trabajando duro, pero estoy agotado.

Hubo un momento de silencio.

–Después de todo lo que me ha costado llegar hasta aquí no pienso rendirme. Voy a conseguirlo, Clara, cueste lo que cueste.

–A mí me da igual el ascenso –dijo ella levantándose de la mesa.

Él se quedó en silencio. Ella se puso a fregar unas cacerolas. Notó la mano de José en su hombro. Se volvió. Él intentó sonreír. Ella, finalmente, le correspondió. Volvieron a sentarse y esta vez fue él quien habló:

–¿Qué tienes pensado para el cumpleaños de Pablo?

–No sé –dijo ella sin mirarlo a la cara–, quizás hacer una pequeña fiesta en el local de la comunidad. Podría encargarme yo.

–Me parece bien.

–¿Quieres más arroz con leche?

–Sí, ya sabes que es mi postre favorito –dijo él sonriendo.

Eduardo entró en la cocina y se sentó para contarles que su otro hijo se iba a vivir a Barcelona. Las nietas se quedaban en el piso de Madrid para seguir con sus estudios. Les mandaban saludos.

Clara recogió los platos y se marchó a la habitación a descansar.

Al día siguiente, por la tarde, en el banco del parque frente a los columpios, estaba Nuria con sus dos hijas. Clara se sentó una vez más sin ganas de hablar, pero Nuria no pareció darse cuenta. Había llegado a la conclusión de que a su vecina no le gustaba más que hablar de sí misma o de asuntos de las demás, la mayoría de las veces sin compasión. Clara estaba obligada a esas tardes de parque por costumbre, por un lado, y por su hijo, por otro. Solía ausentarse de la conversación mirando los tréboles agolpados en ramos sobre el césped, que tentaban a los ingenuos a buscar uno de cuatro hojas, haciéndoles creer que los deseos se podían realizar sencillamente; o los pinos y almendros que se dejaban acariciar por el césped, mientras que las ramas del único sauce llorón se arrastraban sobre la hierba, de un lado a otro sin descanso. «Como yo», pensó Clara.

De repente, le llamaron la atención unas piernas familiares, delgadas, con tacones altos, que paseaban junto a otras piernas enfundadas en un pantalón oscuro, con un par de zapatos muy brillantes. Una estela de humo blanco de puro perseguía a ambas figuras. Vio a Inés cogerse del brazo de su acompañante y reírse al tiempo que giraba la cabeza hacia atrás, encontrándose con los ojos de Clara a lo lejos. Volvió la cabeza a la posición inicial y dejó de sonreír, apresurando el paso. Clara los siguió con la vista hasta que desaparecieron.

Aquel hombre le resultaba familiar. Estaba segura de haberlo visto antes. De repente recordó al hombre con el que Aurelio se había encontrado la última tarde en la cafetería. Se centró de nuevo en la conversación de Nuria.

Sonó el teléfono. Supo quién era antes de descolgar.

–Hola Clara. Lo siento, siento mucho lo del otro día.

No hubo respuesta.

–Era mi jefe. ¿Cómo iba a explicarle quién eras tú?

–¿Acaso era tan difícil?

–No. Pero era muy arriesgado. ¿Cómo te presento?

– Como mi cuñada. Como una amiga.

–Soy las dos cosas, ¿no?

Hubo un silencio.

–¿Estás enfadada?

Siguió sin hablar.

–Vamos Clara, sabes que me muero por verte, que te llamo siempre que puedo y que estoy deseando que llegue el día en que pueda escaparme.

–Ya.

–No me lo esperaba. En esa cafetería, ¿quién lo iba a decir?

–Ya.

–¿Quieres que nos veamos hoy?

–No.

–Clara, por favor, no te enfades. Si tú supieras cuánto me arriesgo.

Ella pensó entonces en lo que ella misma estaba arriesgando.

—Me arriesgo porque me gustas, porque te necesito, porque quiero verte.

—Lo siento, tengo que colgar.

—Podemos vernos hoy, si quieres.

—No.

—¿Y mañana?

—No.

—Vamos Clara.

—No.

—Está bien. Te llamo pasado mañana. Por favor, Clara.

—Adiós.

—Clara.

—Adiós.

—Hasta pasado mañana.

Colgó el auricular. Sabía que pasado mañana no llamaría. Estaba segura porque era sábado.

Se puso a recoger la casa, barrió las habitaciones y el salón. Después llegó a la cocina y vació uno por uno todos los armarios, fregándolos con una mezcla de detergente y lejía. Cuando terminó, un olor a desinfección gobernaba toda la casa. Se marchó a recoger a Pablo al colegio.

Eduardo estaba esperando en el salón a que llegasen para comer con su nieto. Clara sirvió la mesa. Cuando se disponía a salir para recoger ropa que tenía tendida en la terraza, Eduardo le preguntó:

—¿Dónde fuiste el otro día por la mañana?

Clara lo miró, mientras él se introducía la cuchara en la sopa.

—¿Cómo dice?

—Pues eso, ¿que dónde fuiste el otro día por la mañana?

–¿Y eso a qué viene ahora? –dijo ella–, ¿acaso le pregunto yo dónde va usted cuando sale?

–No, no lo haces. Pero yo quiero saber dónde fuiste.

«Este hombre desde luego escoge los mejores momentos para hablar conmigo», pensó ella mientras respondía:

–Pues a dar un paseo. ¿Le parece mal?

–No. No me lo parece. Solo me extraña.

–¿Qué le extraña? ¿Que pasee? ¿Usted sí puede pasear, pero yo no? ¿Eso es lo que está insinuando?

–No –continuó él inalterable, sin despegar la vista de su sopa–. Yo no insinúo nada, solo que me he dado cuenta de que no sueles pasear sino de vez en cuando. Un paseo al mes.

–¿Quiere decir que está pendiente de lo que hago?

–No. Solo quiero saber dónde fuiste, porque yo sé que a ti no te gusta pasear sola.

–Mire, si no quisiera pasear sola, me tendría que quedar encerrada en casa, porque ya me dirá usted qué otra opción tengo. Además, debe de tener usted mucho tiempo libre, porque a mí no me sobra ni un minuto para ocuparme de dónde o cuándo va y viene usted.

Se dio media vuelta y salió de la cocina. Arrancó la ropa del tendedero y la dobló emparejando calcetines negros con azules y los de Eduardo con los de José. Cuando se dio cuenta, volvió a repetir la operación, esta vez más pausada. No entró a la cocina hasta que ellos salieron.

José repitió arroz con leche esa noche.

Clara estuvo inquieta esperando a que durante la cena Eduardo continuara con la conversación del medio día. Sin embargo, únicamente se habló de política. «Si lo supiera –pensó ella tumbada en la cama–, ya se lo habría dicho» y se quedó dormida.

El lunes se sorprendieron al encontrar a Inés esperando en el parque. Hacía tiempo que no bajaba con ellas. Se saludaron sonrientes. Inés comentó:

–Este parque siempre está lleno.

–Claro –dijo Nuria–, está más lejos de casa pero...

–¿Y los árboles? –cortó Inés–, son grandes. Por ejemplo, desde aquí se pueden ver perfectamente los de allí del fondo.

–Sí. Este banco tiene una situación privilegiada –volvió a decir Nuria–. Desde el día que decidimos cambiar de parque, me gustó que...

–Clara, ¿qué tal ves tú desde aquí aquellos árboles?

Inés seguía con la vista fija al frente. Ella no le contestó.

–Pues verse, la verdad, no se ven muy bien –los ojos de Nuria se esforzaban–. Creo yo. Están demasiado lejos. Además, para qué mirar allí, teniendo los mismos arbustos aquí detrás.

–¿Y tú Clara? ¿Crees que están lejos?

–Sin duda.

–Y aún así se ven bien, ¿no crees?

–Yo no he dicho que se viesen bien, Inés, eso lo has dicho tú.

–¿Pero qué os pasa? ¿Acaso no tenéis nada más de qué hablar que de unos árboles? Yo os voy a contar algo interesante: la gente dice que los niños de mi vecina...

Inés se levantó excusándose por interrumpirla; decía tener prisa. Miró a Clara y a punto estuvo de decir algo, pero se arrepintió.

—Está rara Inés, ¿verdad? —le preguntó Nuria cuando se fue.

—No sé. No lo he notado —mintió ella.

—Después de tanto tiempo sin verla, solo se le ocurre hablar de los árboles del parque. Por cierto, su vecina me ha dicho que está segura de que está con ese hombre, con el casado. Seguro que es casado porque se ven entre semana. Es su jefe.

—¿Por qué? ¿Dónde me dijiste que trabajaba Inés?

—Trabaja para unos modistos. En un taller de costura.

—¿Y si fuese algún cliente?

La pregunta hizo meditar a Nuria por un momento y mirar a Clara con cara de asombro.

—Pues no lo habíamos pensado. Quizás tengas razón.

—No me hagas caso —dijo Clara levantándose del banco para marcharse.

De nuevo volvió a sonar el teléfono a la hora habitual. Descolgó el auricular de mala gana.

—Perdona que no te llamase el día que te dije pero... —comenzó Aurelio.

—No te preocupes.

—...mi mujer, bueno, ya sabes que esos días... quiero decir, el fin de semana...

—El fin de semana familiar —dijo ella entre dientes.

—Lo siento.

—No importa. Aurelio, tengo cosas que hacer.

—Vamos Clara, ¿aún estás enfadada por lo del otro día? No podía decirle a mi jefe que estaba con una amiga. ¿Y si se lo dice a su mujer?

—A lo mejor él tiene mucho más que ocultar que tú.

—¿Cómo?

—Lo que has oído.

—¿Qué insinúas?

—No sé, pregúntale a él.

—¿Qué sabes tú de eso?

—¿De eso?

—Clara, me da igual la vida de mi jefe. Lo que quiero es verte. ¿Puedes salir ahora?

—No.

Hubo un momento de silencio.

—¿Y mañana a las doce?

—No.

—¿Y el próximo miércoles?

—No

—Por favor, me encantaría que vinieses conmigo a una exposición de arte que hemos organizado los del periódico. Me gustaría que fueses mi acompañante.

—¿Tu acompañante? ¿Y tu mujer?

—Me gustaría que vinieras conmigo. Toma nota de la dirección. Te esperaré en la puerta a las once. El miércoles, no te olvides.

Para el quinto cumpleaños de Pablo hicieron una gran fiesta en el local de la comunidad. Clara se había encargado de conseguir dos estufas para calentarlo, de comprar las bebidas y los aperitivos, de hacer los bocadillos y las tortillas de patata, de decorar las mesas con manteles rojo rubí y amarillo limón, de adornar los techos con cintas de organza y de papel *crepé*, de comprar globos, gorros, pelotas de goma, de llevar un *casete* con música infantil y de invitar a la familia, a los compañeros del colegio y a los vecinos de la edad de Pablo.

Fueron diecisiete niños con sus padres, un total de treinta y nueve personas. Nuria se había ofrecido a preparar una tarta de chocolate con el nombre de Pablo escrito con salsa de fresas casera. Inés había comprado unos pasteles exquisitos para los adultos. A Clara le hubiera gustado tener más tiempo para arreglarse, pero después de terminar con la preparación, subió a su casa a ponerse una falda cualquiera y una chaqueta de punto lila azulado.

Cuando la fiesta comenzó, los niños jugaron con los globos mientras los padres charlaban animadamente en torno a las mesas con comida. Clara se encargaba de sacar bebida de una nevera que tenía repleta de hielo. Su hermano Justo y su mujer acudieron con el primo de Pablo. Alguien les presentó a la vecina de enfrente, que había ido sola con sus dos hijos.

José retrataba a los pequeños. Justo hablaba con Eduardo, en una esquina, mientras Adela, su madre, observaba a todos los invitados desde una silla. Nuria y su marido conversaban con otra pareja, los padres de un compañero del colegio. Clara se acercó a un grupo de vecinas a recoger algunas botellas vacías y vio a su marido enfrente, muy animado en compañía de Inés, que llevaba un vestido coral que le realzaba la silueta. Se disponía a acercarse a ellos cuando una vecina del grupo le preguntó:

—¿Y vosotros cuántos hijos pensáis tener?

—No sé —contestó Clara sin apartar la mirada de José.

—¿Y cuándo vais a tener el siguiente? —preguntó otra.

—Pues cuando Dios quiera. ¿Verdad Clara? —dijo otra.

—No sé, no hemos pensado en ello, pero a José le gustan mucho los niños.

—Me extraña que aún no hayáis ido a por el segundo. Es mejor para los niños tener hermanos de su misma edad. ¿Verdad?

—Sí —aseguró otra—. Es fundamental que no se lleven mucho tiempo.

—Y es mejor que sean del mismo sexo, para que jueguen juntos.

—Bueno, yo creo que toda madre tiene que tener una niña —dijo otra—. Es una experiencia que nadie debería perderse.

—Sí, pero no hay que pensar en una misma, sino en el niño. El niño juega mejor con otro niño.

—¿Tú qué piensas Clara?

—No sé. No lo hemos hablado.

—Bueno Clara, es que de eso no se habla.

Todas se rieron, mientras ella permanecía seria. ¿Desde cuándo tenía que dar explicaciones de su vida? Ya había tenido un hijo, pero no se había planteado cuántos más iba a tener, ni de qué sexo, ni siquiera si tenían que ser seguidos o no. ¿Acaso había que planificarlo? Sonrió y se dirigió hasta donde estaban José e Inés.

—¿Tenéis botellas vacías? —les preguntó.

Ambos negaron con la cabeza y se quedaron esperando a que ella dijera algo más, pero como no tenía nada más que decir, se dio media vuelta y siguió recogiendo recipientes.

¿Por qué se sentía tan estúpida? Era como si tuviese la mente plagada de telarañas.

Cuando estaba metiendo de nuevo las botellas dentro de los huecos de las cajas plásticas, vio que su suegro se acercaba a hablar con José y con Inés. «El que faltaba», se dijo en voz baja.

El miércoles buscó su vestido verde musgo y se anudó al cuello el pañuelo malva de seda, el primer regalo que Aurelio le había hecho. Después se enfundó un viejo abrigo de lana oscura para evitar llamar la atención. Allí podría quitárselo, pensó. Bajó hasta la calle y se cercioró de que su suegro no la siguiera. Fue caminando hasta el mercado, sin dejar de mirar hacia atrás. Compró verdura y pidió que se la envolviesen en dos paquetes, después los metió en el bolso. De esa manera se aseguraba una excusa.

Acababa de subir al autobús, cuando oyó su nombre. Vio a Inés sonriendo que la invitaba a sentarse a su lado.

–Qué casualidad.

–Sí –dijo ella sonriéndola al mismo tiempo– ¿Dónde vas?

–A comprar.

–¿A dónde?

–Al centro. ¿Y tú?

—A una exposición de arte. Me encanta el arte —dijo mientras suspiraba con expresión abstraída—. Hoy es mi día libre. Por cierto, tenía ganas de hablar contigo.

—¿Por qué?

—Porque yo sé que eres una mujer inteligente. —Clara se sorprendió—. Sí, sé que, al contrario que Nuria, tú eres una mujer que sabe respetar la intimidad. ¿Verdad? —preguntó Inés sin darle tiempo a responder—. Ambas sabemos que es fácil juzgar ciertos comportamientos desde fuera, pero hay que saber juzgar con empatía. Ponerse en la piel de una mujer soltera de mi edad no es fácil. Os veo a vosotras, con una familia que os apoya y defiende —dijo agarrándole la mano de improviso—. ¿Tú sabes lo que es llegar a casa y estar sola? ¿Despertarte y estar sola? Tú no sabes de qué te hablo, pero te aseguro que es muy difícil vivir sin alguien que te diga que te sienta bien ese vestido nuevo, sin alguien que te dé palabras de aliento cuando has tenido un mal día, sin un hombre en el que...

—...puedo imaginármelo.

—Y al final —continuó ella sin escuchar—, si se quiere buscar culpables, yo no soy culpable de nada, Clara —dijo mientras le agarraba la otra mano—. Yo soy como... ¿Como decírtelo para que lo entiendas? Soy como un detalle en el lienzo de un pintor —sonrió triunfal por la expresión que acababa de ocurrírsele.

—¿El lienzo de un pintor?

—Sí. Un cuadro —contestó soltándole una mano—. Yo soy como un árbol al fondo del paisaje —lo dibujó en el aire—, o un perro que cruza una calle, o una nube que acompaña al sol. A veces el pintor piensa que ese detalle es el que da sentido al cuadro, pero otras veces, pasa desapercibido; es un trazo que rellena un pequeño vacío tras el verdadero protagonista del lienzo. Siempre dependo de lo que quiera hacer el pintor conmigo. ¿Me entiendes? —dijo volviéndola a mirar directamente a los ojos.

Clara guardó silencio. Aquello debía ser una metáfora. Quizás se había equivocado con Inés y debajo de esa apariencia fría había una persona en quien confiar, una mujer sola y necesitada de amistad. A punto estuvo de hablarle sinceramente, de decirle que ella también iba a la galería de arte, que por fin se había atrevido a romper con la rutina, cuando el autobús se detuvo. Inés se levantó y, sin decir palabra, descendió las escaleras.

Cuando se reanudó la marcha, a través de la ventanilla Clara vio a Aurelio en la puerta de la galería, buscando a ambos lados de la calle, mientras Inés entraba con la espalda recta, sin perder la sonrisa ensayada. No estaba segura de haber visto bien, pero le pareció que Inés saludaba a Aurelio con un gesto de la cabeza al pasar.

# VII

Era la primera vez que José no iba a trabajar. Se había despertado a la hora habitual, no había querido desayunar y, cuando se disponía a salir, se reclinó en la pared.

–¿Te encuentras bien?

–No –contestó él pálido.

–Ven, siéntate –dijo Clara agarrándolo del brazo–. No deberías ir al trabajo en ayunas.

–Tengo un dolor de estómago que me está matando.

–¿Te preparo una tostada? –preguntó ella mientras lo ayudaba a sentarse en una silla–. Quizás sea hambre.

–No, no puedo –contestó él echándose las manos a la cabeza y agachándola hasta las rodillas–. Me estoy mareando.

Lo miró, asustada, sin saber qué hacer.

–¿Quieres que llame a un médico?

–No. Voy a esperar un poco a que se me pase.

Después de vomitar dos veces, José decidió:

–Llama al trabajo y di que no iré hoy.

Clara llevó al niño al colegio y volvió rápida a preparar el desayuno a su marido, pero José se había quedado dormido en el sofá. Se acercó sigilosa para cubrirlo con una manta de viaje. Eduardo salió a darse su paseo.

Ella no se movió de casa hasta que llegó la hora de ir a recoger a Pablo. Antes de marcharse, entró al salón y lo vio sentado. Le preguntó si estaba mejor y él dijo que se le había pasado el mareo. Le llevó un poco de sopa en una bandeja y él se lo agradeció con una tímida sonrisa. Insistió en que comiese un poco, que le sentaría bien.

Cuando regresaron del colegio, José se había levantado.

–Deberías acostarte en la cama. Hoy no te conviene caminar –le dijo ofreciendo su mano.

–Me encuentro mejor.

–No importa. No deberías levantarte.

José se fue a la habitación.

–¿Quieres algo? –le preguntó ella desde el pasillo.

–Mi libro de la universidad. Tengo que estudiar.

–¿No puedes esperar hasta mañana? –le preguntó ella en la habitación–. Seguro que te encontrarás mejor.

José asintió con los ojos descansando en las pálidas mejillas. Ella cerró la puerta y ordenó a Pablo no hacer ruido.

Le llevó la cena a la habitación y José no opuso resistencia.

A la mañana siguiente él seguía con el mismo color de piel y un dolor de estómago más leve.

–Creo que debería ir a trabajar hoy –dijo cuando sonó el despertador.

–Has pasado muy mala noche. No has parado de hablar en sueños. Descansa.

–Pero, ¿qué van a pensar?

–¿Que estás enfermo?

–Con la cantidad de trabajo que tengo pendiente...

–...deberíamos llamar a un médico.

–Seguro que es algo que me ha sentado mal.

–No sé, todos hemos comido lo mismo.

–No te preocupes, se me pasará. Voy a descansar y mañana seguro que estaré mejor.

Clara volvió a llevarle la comida y la cena a la cama.

José amaneció el viernes con mejor color. Ella le pidió cita con el médico de cabecera y le recordó que era el último día laborable de la semana. Él, después de meditarlo, decidió no volver a la oficina hasta el lunes.

El doctor Benmamán le dijo que seguro había sido estrés por acumulación de trabajo, que tenía que tomarse unas vacaciones. Sin embargo, quiso hacerle un chequeo rutinario. «Hagámosle un análisis de sangre», había dicho.

El resto de la mañana José lo dedicó a estudiar en el salón, mientras Clara arreglaba la casa y hacía la comida.

—Nos vamos al parque a dar un paseo —le dijo Clara por la tarde, cuando volvió del colegio con Pablo.

—Voy con vosotros.

—¿Estas seguro? Apenas has comido. ¿No prefieres quedarte a descansar?

—No. Ya me encuentro bien, de veras.

—Bueno, pero deja que te lleve una manzana por si tienes hambre después.

—De acuerdo —dijo él mirando a Pablo y encogiendo los hombros.

Clara cogió la tartera en una bolsa y a Pablo de la mano, mientras José abría la puerta de la calle. De repente Eduardo preguntó desde el salón:

—¿Ya no te duele el estómago?

—No, padre, estoy bien —dijo él.

—¿Seguro? —preguntó Clara de nuevo.

—Sí —contestó él dándole un beso en los labios, provocando en ella una emoción casi olvidada.

–Sería mejor que te quedases en casa descansando –dijo su padre otra vez.

–No –zanjó él.

Bajaron las escaleras agarrados de la mano. Ella se sorprendió del gesto, pero no quiso que se le notara. En la calle, caminaron los tres hacia el parque.

José montó a Pablo en el tobogán, en el columpio e incluso hicieron montañas de arena con las palas. Ella los observaba. De vuelta a casa, Clara cogió a su marido de la mano y no se soltaron hasta ver a Eduardo, que miraba su reloj en el pasillo. Desde la cocina le pareció oír que se quejaba de la hora a la que iban a cenar. José quiso encargarse del baño de Pablo mientras ella cocinaba, aunque Eduardo insistía en que se sentara con él a descansar en el salón.

Al día siguiente volvieron a ir al parque los tres. Allí coincidieron con Nuria, pero apenas hablaron porque Clara se sumó a los juegos con su hijo y su marido.

El domingo, como siempre, José y Eduardo fueron al cementerio. Cuando se quedó a solas en casa, con Pablo, Clara se dio cuenta de que durante esos días había sido feliz.

Por la noche, con la luz apagada, Clara sintió la mano de José buscando su cara; ella se volvió hacia él y se besaron. Después, hicieron el amor.

La alegría se prolongó hasta la mitad de la siguiente semana, cuando José volvió a su trabajo y ella recuperó la soledad y la monotonía. Fue entonces cuando se dio cuenta de que Aurelio no había llamado. Quizás su suegro había hablado con él y le había dicho que José estaba enfermo en casa; o quizás estaba desilusionado por sus últimas negativas; o peor aún, ofendido por no haber ido con él a aquella galería de arte.

Estaba pensando en ello cuando sonó el teléfono. Eduardo esa mañana no había salido a pasear, estaba viendo la televisión. Clara corrió hasta el salón, pero su suegro se adelantó. Ella lo miró inmóvil. Él le devolvió la mirada con el auricular en su poder. Entonces ella se retiró y fingió buscar algo en la estantería. Él contestó «un momento» y le tendió el teléfono mientras miraba el televisor de nuevo. Clara respondió con un hilo de voz. Cuando oyó a Inés, se sentó en el brazo del sofá y respiró tranquila.

—¿Esta tarde? Donde siempre, al parque con Pablo... ¿Venirme a buscar?... Mejor nos vemos allí. No sé exactamente a qué hora saldré... Sí, sobre las cinco y media. Adiós.

—¿Quién era? —preguntó Eduardo cuando colgó.

—Inés.

—¿Inés?

—Vino al cumpleaños de Pablo.

—¡Ah, ya recuerdo! —comentó él como si se lo estuviera diciendo a sí mismo—. Qué mujer tan guapa. Hasta su voz es bonita.

Clara se dio media vuelta y pensó si alguna vez tendría palabras agradables para referirse a ella.

Inés esperaba ya en el parque cuando llegó pasadas las seis. Nuria no estaba. Pablo fue a los columpios y Clara se sentó en el banco.

—¿Qué tal el otro día en la galería de arte? —preguntó queriendo parecer desinteresada.

—Bien. Te hubiera gustado —dijo Inés mirando al reloj—. Tengo que marcharme.

—¿Tan pronto?

—Pensé que llegarías más temprano.

—Lo siento. ¿No puedes quedarte un poco más?

—Tengo una cita —dijo ella levantándose nerviosa del banco—. Nos vemos en otra ocasión.

—Como quieras.

—Te vuelvo a llamar.

Clara la vio alejarse. ¿Qué había querido decir con eso de que le hubiera gustado la galería de arte? ¿Acaso sabía ella que había tenido intención de ir?

La preocupación por lo que pudiera estar sintiendo Aurelio o por la posibilidad de que hubiera hablado con Inés sobre ellos fue en aumento a medida que seguía sin recibir noticias suyas. Esperó sin éxito durante dos semanas su llamada. Finalmente se decidió a telefonearle al trabajo. Bajó a la cabina de debajo de su casa. Marcó el número y esperó. Una voz de mujer le dio los buenos días.

—Hola. ¿Podría hablar con Aurelio?

—¿De parte de quién? —dijo la voz mecánica.

—De... su mujer.

—Un momento por favor.

Una música sonó al otro lado.

—¿Tina? —preguntó una voz desconocida—. ¿Tina?

—Lo siento, me he confundido.

Clara colgó nerviosa. Salió de la cabina. Miró a su alrededor y tomó aire. No debía haber dicho que era su mujer. Sin duda, el que había cogido el teléfono debía conocer bien a su cuñada; usaba su diminutivo. Tendría que haber colgado sin contestar, se dijo.

Tan nerviosa estaba, que se sobresaltó al abrir la puerta del portal y escuchar tras ella la voz de su suegro:

—Qué, ¿de paseo matutino?

Clara se detuvo, pero después siguió subiendo los peldaños de la escalera sin decir una palabra.

—Es bueno pasear —dijo tras ella con el mismo tono.

Ella permaneció en silencio.

—Mi hijo vuelve a trabajar y tú a pasear. Así es la vida —dijo él sin rendirse.

Clara sintió como la sangre comenzaba a latirle en la sien.

—Como usted, solo pasear —contestó ella por fin.

—Yo puedo permitírmelo, para eso he trabajado sin descanso todos estos años.

Llegó al rellano de la escalera. Se volvió y lo vio cuatro peldaños más abajo. Él levantó la cabeza, retándola, con la ceja derecha arqueada y una mueca en la comisura del labio. Puede que aquella mirada no durase más que un segundo, pero para ella fueron minutos. De repente, su vecina abrió la puerta y los saludó. Ambos sonrieron y entraron en silencio a la casa.

José volvió esa noche de buen humor. Desde que había enfermado, ese había sido su estado de ánimo. Clara estaba terminando de dar la cena a Pablo en la cocina. Él se acercó hacia ella y la besó en la frente. Cuando ella levantó la cabeza, volvió a besarla en los labios. Clara sonrió. José besó también a Pablo en la cabeza y le preguntó dónde estaba el abuelo. Ella dejó de sonreír y dijo de mal humor que «donde siempre». José bajó los ojos y salió de la cocina.

Durante la cena se impuso de nuevo el silencio. Únicamente las preguntas del suegro eran respondidas por su hijo con monosílabos.

La siguiente semana, Inés apareció en su casa. Nuria se extrañó al verlas llegar juntas al parque.

—¿De dónde venís?

—Nos encontramos por el camino —mintió Inés.

—Me alegro de verte. Pensé que te habías olvidado de tus amigas.

—No Nuria, sería difícil olvidarte.

—Cuéntanos qué tal te va, que debes estar muy ocupada para salir tan poco. ¿O es que te llevas el trabajo a casa? —dijo Nuria haciendo un pequeño guiño a Clara.

Ella pensó en lo poco que le gustaba la gente como Nuria, a la que no le importaba decir lo que le apetecía o mostrarse abiertamente grosera con los demás. Esa gente a la que le gustaba indagar en lo oscuro de los otros; que se atrevía a juzgar, creyéndose poseedora de una intachable moral.

Apartó la mirada hacia la arena, sin corresponder, mientras Inés le contestaba, quizás pensando lo mismo que ella:

—Sí, todos los días suelo llevarme trabajo a casa.

—No sé cómo no te agotas.

—Supongo que es la costumbre.

—Pues costumbre es casi sinónimo de rutina. Intenta controlarlo o te convertirás en la única mujer soltera con rutina que conozco.

—¿Acaso conoces a más mujeres solteras?

—Claro que sí. No creerás que eres la única. Hay otra, muy amiga mía, en la oficina de mi marido. A veces viene a visitarme. Siempre tiene tiempo. Como no se lleva el trabajo a casa...

—Quizás porque trabaja con tu marido, ¿no?, y él no suele llevárselo a casa; lo termina en la oficina —contestó Inés mientras se abrochaba un botón de la chaqueta.

Nuria se quedó muda, con la boca abierta, algo poco habitual en ella y así permaneció el resto de la tarde, participando apenas en la conversación. Inés se levantó mirando a Clara con una sonrisa cómplice y dijo que había quedado, una sonrisa a la que ella no quiso corresponder.

Clara seguía extrañada de no tener noticias de Aurelio. Al día siguiente volvió a intentar hablar con él, esta vez desde una cabina más lejos de casa.

—¿De parte de quién? —dijo la voz mecánica mascando chicle.

—De... una amiga.

—Un momento por favor.

Siguió el compás de la música tamborileando con el dedo sobre la repisa de la cabina.

—¿Sí? —preguntó la voz de Aurelio.

—Hola.

—¿Clara?

—Sí.

—¿Cómo estás? ¿Estás bien? Siento no haberte podido llamar.

No había podido llamarla. Tantos días y no había podido llamarla. No estaba enfadado, ni ofendido, simplemente no había podido llamarla.

—Clara, ¿estás ahí?

—Sí.

—¿Fuiste tú quien llamó el otro día?

—Sí, lo siento. Dije que era tu mujer.

—No te preocupes, lo descolgó mi jefe, el que viste en la cafetería. ¿Se te pasó el enfado?

—¿Qué enfado?

—Tu enfado conmigo.

—No me he enfadado contigo.

—A mí me parecía que sí. ¿Cómo estás?

—Bien.

—¿Quieres que nos veamos? Tengo aún que planear la agenda de la semana que viene. He tenido mucho trabajo y mi mujer ha estado viniendo a buscarme a la oficina. —Clara escuchaba al otro lado sin decir una palabra—. Te he echado de menos. ¿Y tú? —preguntó él con una voz suave.

—Solo quería decirte que no pude ir a la galería de arte contigo porque...

—...no tienes por qué darme explicaciones. Lo entiendo. Sé que estabas ofendida. Me alegro de que me hayas llamado.

—En realidad no fui porque...

—...yo no he dejado ni un segundo de pensar en ti. Estoy deseando volver a verte. ¿Cuándo podemos quedar?

En ese momento ella miró hacia la esquina de enfrente y vio a Eduardo. Estaba apoyado en la pared. No parecía haberse dado cuenta de que ella estaba dentro de la cabina.

—¿Clara? ¿Estás ahí?

—Perdona Aurelio, tengo que dejarte. Adiós.

Colgó el auricular y salió en dirección opuesta a la de su suegro. Rodeó varias manzanas hasta llegar a su casa y subió de dos en dos las escaleras, por él si la seguía.

Por la noche no hubo comentarios. Eduardo habló con su hijo, pero no con ella. Clara recogió en silencio y se fue a la cama. José estaba cansado, se desvistió y le dio las buenas noches con un beso en la frente, como hacía desde que se puso enfermo.

—¿Qué os pasa a mi padre y a ti? —le preguntó él antes de apagar la luz.

Clara no se esperaba la pregunta y durante un momento no supo qué responder. Al final dijo:

—Nada.

—A pesar de Pablo, de mí, de todos estos años juntos, seguís igual. ¿Acaso es tan difícil que os entendáis?

—No. No sé qué le pasa a tu padre conmigo.

—¿Y a ti con él?

Clara miró sus ojos llenos de desánimo. ¿Qué podía decir? Estaban condenados a no entenderse y cuanto antes lo asumiera, mejor.

—No me pasa nada —contestó ella.

José suspiró y apagó la luz.

Al día siguiente sonó el teléfono por la mañana. Eduardo, que no había salido, le arrebató casi de las manos el auricular. «¿Si?», volvió a preguntar una y otra vez. Finalmente colgó y miró a Clara.

—¿Quién era? —preguntó ella.

—No sé. No me contestaron. A lo mejor me lo puedes decir tú.

—¿A qué se refiere? Yo no he cogido el teléfono.

—Ya.

Clara se dio media vuelta hasta la cocina para preparar la comida. El teléfono volvió a sonar. Escuchó cómo respondía su suegro una y otra vez. Esa mañana él no salió del salón. Ella tampoco bajó a la calle. Cuando fue a buscar a Pablo, sintió que alguien los seguía. Se volvió varias veces, pero no vio a Eduardo por ningún lado. Cuando llegaron a casa, él ya no estaba.

# VIII

–¿Clara estás ahí? –preguntó la voz de Inés al otro lado del teléfono.

–Sí –contestó ella sin dejar de mirar a su suegro que acababa de entrar en el salón.

–¿Puedes tomarte un café conmigo? –dijo su amiga con voz entrecortada–. Necesito hablar con alguien.

–Por supuesto. Te espero en casa.

Colgó y se dirigió a la cocina a ver si tenían café. Luego lo pensó mejor y esperó a que ella llegase para salir.

Al sonar el timbre, bajó a la calle. Inés tenía los ojos hundidos y húmedos y llevaba un pañuelo arrugado en la mano.

–Buenos días –dijo la voz de Eduardo desde el portal.

Clara se volvió. Él sonreía a Inés.

–¿Cómo está usted? –Ella forzó una sonrisa.

–No tan bien como usted.

–Gracias, Don Eduardo, hoy se agradecen los piropos –dijo ella sonándose la nariz.

–Con mujeres como usted, no hay nada que agradecer, salen espontáneos.

Clara miró a Inés seria y ella, como si lo entendiese, se despidió de Eduardo.

De camino a la cafetería, Clara le habría preguntado qué le pasaba, pero prefirió esperar a que comenzase ella. Cuando se sentaron en la mesa, Inés volvió a sacar el pañuelo y a sonarse la nariz.

–Estoy destrozada –empezó diciendo.

Ella siguió esperando.

–¿Te acuerdas de lo que te dije aquel día en el autobús? –dijo limpiándose los ojos –. ¿El día que iba a la galería de arte?

–¿Lo del detalle en el lienzo?

Inés hizo un gesto con la mano abierta y los dedos extendidos, abanicando el aire que había entre ellas dos, como si le diera vergüenza recordar aquella metáfora.

–No eran más que tonterías. Una mujer no necesita un hombre –de nuevo se sonó la nariz, esta vez algo más fuerte–. ¿Para qué?, dime, ¿para qué se necesitan? Tengo trabajo –el dedo índice se extendió, después el corazón–, dinero, coche, piso, amigas... ¿Para qué quiero yo un hombre? –le preguntó cuando hubo extendido todos los dedos de una mano.

Clara se encogió de hombros.

–Exacto, para nada. No sirven para nada. Son como niños. Les gusta lo nuevo con intensidad, casi con obsesión, pero en cuanto lo poseen, dejan de sentirse atraídos por ello y vuelven a buscar la novedad –dijo secándose los ojos–. Le odio. Los odio –hizo una pausa para volver a sonarse–. Mucho, eso decía, que me quería mucho –bebió un sorbo de café–. Hace dos semanas que no sé nada de él. El otro día lo llamé y me dijeron que no estaba en la oficina. ¿Y sabes qué hizo? Vino al taller de costura con una morena de pelo corto. Encima con mal gusto –dijo recuperándose un poco.

–No te preocupes –se le ocurrió decir a Clara.

–¿Preocuparme yo? Él es quien tiene que preocuparse. Estoy pensando en llamar a su mujer.

Clara se sobresaltó y, para disimular, bebió un sorbo del café que Inés le había pedido. No le gustaba. Seguía pareciéndole amargo, como el que había tomado junto a

Aurelio en su primera cita, a pesar de haberle añadido un sobre y medio de azúcar. Puso cara de desagrado.

—¿Acaso te parece mal? —le preguntó Inés.

Clara se encogió de hombros, mientras intentaba con la lengua eliminar el amargor de la boca.

—Te entiendo —dijo Inés—. Supongo que yo, en tu lugar, tampoco me pondría de mi parte. Al fin y al cabo, tú estás casada.

—No, no es eso.

—Yo creo que se merece un buen escarmiento.

—¿Para qué?

—Para acabar con la hipocresía de una idílica vida familiar.

Clara miró su reloj.

—¿Tienes que irte? —preguntó Inés.

Asintió y llamó al camarero con un gesto de la mano.

—Gracias. Me has ayudado mucho —le dijo Inés al despedirse.

Clara no creía haberla ayudado, aunque quizás eso era todo lo que se necesitaba cuando uno se sentía mal: alguien que te escuchara sin juzgar, sin intentar resolver tus problemas. Sin embargo, antes de que Inés se diera la vuelta para marcharse, no pudo evitar preguntarle:

—¿Estás segura de lo que vas a hacer?

Inés le contestó mientras cruzaba la calle:

—Tan segura, que quizás siga también a un empleado suyo del periódico. Uno que me presentó aquel día en la galería de arte. Otro adúltero —Clara se quedó inmóvil, sin poder reaccionar, hasta que un señor que salía de la cafetería le pidió permiso para que se hiciera a un lado.

Cuando llegó a casa, Eduardo estaba allí. Había dejado de pasear. Se pasaba la mañana entera viendo la televisión o escuchando la atronadora radio. Cuando sonaba el teléfono, se lanzaba a descolgarlo.

José llegó temprano esa noche. Dijo que a la mañana siguiente tenía que hacerse un análisis de sangre y que había pedido el día libre.

Clara lo acompañó después de dejar a Pablo en el colegio. Después se fueron a pasear al Parque del Retiro, como cuando eran novios. Hacía una mañana de temperatura inusual en Madrid. A pesar de ser invierno, el sol obligaba a quitarse el abrigo. El cielo estaba despejado y el aire parecía más puro que nunca. Respiró profundamente, dejando que sus pulmones se llenasen de olor a hierba y a paz. Cogió a José de la mano mientras caminaban por el Paseo de las Estatuas, observados por los reyes godos.

—¿Te acuerdas de cuando éramos novios y veníamos aquí? —le preguntó él con una sonrisa.

Ella asintió mirándolo a los ojos, intentando recordar aquel instante de hacía casi ocho años. Cuando lo logró, se le desdibujó la sonrisa.

Comieron en un restaurante y volvieron juntos a recoger a Pablo al colegio.

Cuando llegaron a casa, Eduardo estaba esperándolos en el salón. Les dijo que el almuerzo no se podía comer, que estaba muy salado y que había hablado con su nuera, que le había invitado a ir a su casa.

—¿Cómo estás hermano? —dijo Aurelio apareciendo de pronto en el pasillo, mientras terminaba de abrocharse el cinturón.

Le dio un abrazo a José. Después se volvió hacia ella:

—Cuñada, estás tan guapa como siempre —dijo sosteniéndole los antebrazos con las manos.

Ella bajó los ojos al suelo y él le dio dos besos.

—¿Y este grandullón quién es?

—Yo soy Pablo —contestó el niño.

—Qué mayor. ¿Cuántos años tienes ya?

—Voy a cumplir seis.

Clara se quedó inmóvil. Miró a Pablo, que parecía no acordarse de los regalos que le hacía su tío. Miró también a Eduardo y a José y se disculpó diciendo que iba a cambiar de ropa al niño.

—¡Qué alegría! —exclamó José—. Después de tanto tiempo. Siéntate.

Clara fue a la habitación con Pablo. No se atrevía a salir, pero él se empeñaba en abrir la puerta para volver al salón. Los niños sentían curiosidad por la gente, pensó, aunque los mayores no les prestasen atención.

Finalmente apareció en el salón y les preguntó si querían algo para beber. Después de servir la mesa, dijo que bajaría al parque. Sin embargo, el niño se negó. José insistió en que se quedase allí con ellos. «Ha venido mi hermano a vernos», le dijo. Ella miró a Aurelio y él le hizo un hueco en el sofá. Ella cogió una silla y se sentó.

—¿Y cómo tú por aquí? —le preguntó Aurelio a José—. Pensé que estarías trabajando a estas horas.

—Sí, debería, pero hoy tenía que hacerme un análisis de sangre y hemos aprovechado para salir a pasear.

—¿Has cogido todo el día libre por un análisis? ¿Qué le ha pasado a mi hermano? —dijo Aurelio sonriendo.

—Bueno, la verdad es que mañana tengo examen en la universidad y tenía pensado estudiar hoy por la tarde.

—¿En serio? —dijo él haciendo ademán de levantarse—. Entonces no quiero entretenerte. Ya volveré otro día y hablamos con más calma.

—No, quédate un poco más.

—No, de veras —Aurelio se levantó del sofá—, me marcho. A menos que quieras que te acompañe al parque, pequeñín —dijo mientras le tocaba la barbilla a Pablo.

—Eso, Clara. Id al parque un rato y después nos vemos —sugirió José—. ¿Te quedas a cenar?

—No, no puedo. Le he dicho a Tina que volvería pronto. Quería traer a padre y haceros una visita. Pero puedo bajarme con vosotros a pasear. ¿Qué opinas cuñada?

Ella lo miró. Todos estaban pendientes de su respuesta. Si decía que no parecería descortés, incluso sospechoso, teniendo en cuenta que acababa de proponer salir al parque.

—Vamos, Clara. Yo me iba a quedar estudiando de todas formas —insistió José.

—¿Quieres ir al parque? —preguntó ella a Pablo con la esperanza de que el niño se negara.

—Sí mami.

El pequeño cogió de la mano a su tío y no lo soltó hasta llegar a los columpios. Aurelio lo subió al tobogán y regresó al poco rato al banco donde ella estaba sentada.

—Te he llamado muchas veces —le dijo— pero siempre lo coge mi padre. ¿Qué pasa, ya no sale a pasear por las mañanas?

Pablo volvió para que su tío fuera a jugar con él. Aurelio le dijo que fuera él solito, que ahora mismo iba porque tenía que hablar con mamá. Pablo miró a su madre y ella le devolvió la mirada. El niño se dio media vuelta y se fue solo a los columpios.

—No, no sale —contestó Clara.

—Lo suponía. Podías haberme vuelto a llamar. La última vez que lo hiciste me colgaste tan de repente...

—...tu padre me vigila.

—¿Cómo?

—Que tu padre me sigue cuando salgo. Yo creo que sospecha de mí.

—¿De veras?

—Sí. El otro día quedé con una amiga y bajó hasta la calle para ver quién era.

—Vaya. ¿Y crees que pueda saber que nos estamos viendo?

—No, no creo que sepa nada. Pero, sinceramente, preferiría que no me llamaras por un tiempo.

—Creo que será lo mejor, desde luego.

—A propósito, aquel señor de la cafetería, es decir, tu jefe, ¿sale con otra mujer? —le dijo ella acordándose de repente.

—¿A qué te refieres?

—A que si se ve con otra mujer, otra que no es su esposa.

—¿Por qué?

—El día que me citaste en la galería de arte, ¿iba él también?

—Sí, ¿por qué?

—Ese día no fui porque coincidí en el autobús con mi vecina, una mujer rubia, delgada, muy guapa...

—...Inés.

—¿La conoces?

—Me la presentó él. Parece que están liados.

—¿Sabes si sale ahora con otra mujer?

—No.

—¿Una morena de pelo corto?

—Que yo sepa, no.

—Pues Inés cree que sí y está dispuesta a cualquier cosa para darle un escarmiento. Parece que él lleva varios días sin llamarla. Amenaza con seguirte también a ti.

Aurelio se quedó mirándola, sin reaccionar. Después se levantó del banco.

–Tengo que irme. Ya nos veremos –dijo acercándose a ella de nuevo para besarla en una mejilla. Entonces, prolongó el roce de sus labios en su cara, hasta que ella dijo:

–Adiós.

Se fue sin despedirse de Pablo. De repente, se volvió y desde la distancia le dijo que volvería la próxima vez con un regalo para él. Pablo lo miró en silencio.

Esas Navidades, Clara no quería celebrarlas en casa de su madre, pero aún así, volvieron a repetir. Un año más, se veían las caras en una reunión que, después de tanto tiempo, pretendía ser cordial. Su hermano Justo fue con sus dos hijos. Martín acudió a la cita desde Almería, sin su familia. Sus hermanas, Jimena, Piedad y Maribel con sus maridos, aún sin hijos, y Gonzalo con su reciente esposa. Cuando llegaron Clara y José con Pablo, ya estaban todos los hombres sentados en el pequeño salón, charlando. Unos con sillas de madera, otros con unas metálicas de la salita, otros en los sofás. El humo de los cigarros aún no había viciado el aire, como lo harían los puros del final de la noche. José y Clara entraron y empezaron la ronda de besos. Los hombres prescindían del habitual apretón de manos en esas fechas. «¿Qué tal?», «¿cómo estáis?» y otras frases del estilo se mezclaban con el sonido de los besos al aire, escapados al tiempo que se juntaban las mejillas, chocando contra más o menos carne. Las de

José estaban más huesudas que de costumbre y alguien le dijo «te estás poniendo en forma».

Clara dejó a José y a Pablo en el salón, mientras se dirigía a la cocina, donde las hermanas y las cuñadas se agolpaban alrededor de los fuegos y las cacerolas. El tacto de las mejillas al besarlas era tibio, enrojecidas como estaban por el calor de los guisos. Su madre fregaba unas cacerolas. Se hizo paso hasta ella y le dijo un «¿qué tal madre?», al que ella respondió con un suspiro, exhalando el cansancio que reflejaban los hombros arqueados hacia adelante y los ojos hundidos.

Alguien le preguntó qué tal iba todo y Clara respondió que bien. Se remangó la blusa y se puso uno de los delantales que quedaban libres para terminar de hacer la cena. Después, se sentaron a la mesa.

En ocasiones, Justo padre decía que hacía falta pan o gaseosa, o un poco más de vino. Adela suspiraba y hacía ademán de levantarse, pero Clara le ponía su mano sobre el hombro e iba a por ello. Otras veces lo hacían Jimena, Maribel o Piedad. Y así pasaban la cena, a veces hablando de política, lo que hacía que el padre se encendiera. Su madre hacía señas a Martín para que no le sirviera más vino, ya que a cada copa que le servía, se le sumaba un tono más alto de voz.

Los niños comían en la salita, cerca de la cocina, con la televisión puesta. Nadie hablaba con ellos; poco tenían que aportar en la conversación de los mayores.

A la hora de recoger, los hombres se sentaron frente a la televisión, cubriéndose con las faldas de la mesa camilla, recibiendo el calor del brasero. Las mujeres quitaban los platos, fregaban y recogían la mesa. Cansadas, iban diciendo a sus maridos que era hora de irse a casa, a lo que ellos respondían que aún era temprano. Hacia las dos de la mañana, Clara y su familia se marcharon.

Antes de apagar la luz, José sacó un paquete del cajón de la mesilla y le dijo:

—Feliz Navidad.

—¿Y esto? —preguntó ella asombrada.

—Un regalo. Vamos, ábrelo.

—Pero, yo no te he comprado nada.

—Ábrelo.

Clara retiró con cuidado el papel dorado que envolvía la pequeña caja de terciopelo granate y descubrió una pulsera de eslabones alargados de oro. Se quedó un rato mirándola, hasta que finalmente se volvió y le dio un beso en los labios. Apagó la luz y se abrazaron. Así se quedaron dormidos.

La vida volvía a transcurrir tranquila, sin sobresaltos, excepto por el hecho de que José volvía más temprano a casa. Las llamadas telefónicas habían cesado y Eduardo había reanudado los paseos matutinos. Clara, embarazada de nuevo, frecuentaba el parque con Nuria, que le insistía en que debía tener una niña, como si pudiera elegir el sexo del bebé. A Inés dejaron de verla. Clara hubiera querido saber qué le había pasado, pero decidió esperar hasta que ella se lo contara.

Y ella decidió hacerlo un día caluroso de verano. Apareció sin más en su casa, cuando a Clara le faltaban tres semanas para salir de cuentas. Fueron al salón, pero como hacía calor, decidieron sentarse en la terraza. Inés se quitó un pañuelo de seda que llevaba anudado al cuello. Al hacerlo, un destello obligó a Clara a fijarse en el brillante en forma de lágrima que pendía de una cadena fina de oro.

—Sé que debería haberte llamado —dijo Inés después de beber sin que se le borrase el carmín de los labios—, pero me daba vergüenza verte después de todo lo que te dije.

—No sé a qué te refieres.

—No intentes disimular. ¿Tienes una servilleta?

Clara se dirigió torpe hacia la cocina, volvió con la servilleta y se sentó. Ella había sacado un abanico de color blanco, como su vestido, y de vez en cuando lo batía, impulsando los mechones dorados hacia atrás.

—Al final estaba equivocada.

—No sé a qué te refieres.

—A la morena de pelo corto, ¿no te acuerdas?

—Sí.

—No era más que una amiga de su mujer. Quería recomendarle nuestra sastrería. No me saludó, ya sabes, para evitar sospechas.

—Claro.

—En el fondo yo sabía que no podía tener a otra y con tan mal gusto —dijo mientras se tocaba el brillante del cuello—. Para lo que sí tiene buen gusto es para los regalos. ¿Qué te parece? —preguntó mientras sostenía la joya entre los dedos.

—Es muy bonito.

—¿Muy bonito? Es espectacular. Por nuestro aniversario. Llevamos tantos años juntos que casi parecemos un matrimonio —se quedó por un instante en silencio.

—¿Quieres más limonada?

–No. Tiene mucho azúcar. Clara –le dijo soltando el brillante y cogiéndola de la mano–, daría cualquier cosa por ser su mujer. Me encantaría poder estar casada con él y no tener que esconderme. Poder salir a los restaurantes, sin asombrarme cuando me dijeran «señora de»; poderle llamar cuando necesitara hablar con alguien; abrazarlo cuando estuviera triste; decir a las vecinas que este collar no me lo he comprado yo. Sería maravilloso, ¿no te parece?

–Bueno –contestó Clara–, también tendrías que renunciar a otras cosas.

–¿A qué te refieres?

–A dejar de trabajar, a tener que hacerle la comida, lavarle la ropa, arreglar la casa, cuidar de los hijos –le contestó sorprendiéndose a sí misma.

–No necesariamente. Podemos seguir como hasta ahora.

–No, no lo creo.

–Yo haría lo posible por evitar la rutina, te lo aseguro.

–Quizás no se pueda evitar. ¿Sabes qué fruta es la preferida de Pablo?

–No –dijo Inés riéndose–. ¿A qué viene eso ahora?

–El melocotón –continuó Clara muy seria–. Pero no se lo come, porque la piel es áspera. ¿Sabes cuál es la única que come?

–No –contestó Inés mientras sacaba un espejo del bolso y se retocaba el carmín.

–El plátano, porque se pela fácilmente.

–¿A dónde quieres ir a parar? –preguntó Inés mientras guardaba el carmín en el bolso y sacaba un vaporizador de perfume para rociarse con él la nuca y el interior de las muñecas. El aire se envolvió de violetas invisibles.

—Que lo que Pablo querría es un melocotón con piel de plátano, como tú.

—¿Melocotón con piel de plátano? —dijo Inés mientras guardaba de nuevo el perfume y se reía—. Vamos Clara, acompáñame a la puerta y no dejes que te dé el sol.

Se despidieron. Tras la puerta seguía oyendo la risa de su amiga cada vez más atenuada por la distancia.

Quizás no sabría hacer buenas metáforas, pensó Clara, pero sabía de lo que hablaba.

# IX

Desde las hamacas de la terraza de la habitación, José y Clara, vestidos con albornoces esponjosos, miraban el cielo salpicado de purpurina color plata. Olía a tierra húmeda. El canto de los grillos ocultos delataba su presencia alrededor. En el bolsillo de los albornoces se leía «Termas Pallarés».

Él pasó su brazo por los hombros de ella, que se volvió para sonreírle. Ambos acercaron sus labios hasta juntarlos.

—¡Qué paz! Me siento tan aliviado aquí —dijo él.

Ella, sin embargo, no dejaba de pensar en María. Acababa de cumplir tres años y se había quedado con su madre.

El día que nació, toda la familia fue a conocerla al hospital. Su madre insistía en que, al igual que Pablo, se parecía a José. Clara creía que era igual que ella, aunque no lo dijo. En realidad no le gustaba tener una hija que se pareciera a ella; prefería que fuera como José.

Era una niña alta, delgada, con el pelo negro ondulado. Se lo cortaba en verano. Al hacerlo, los rizos parecían enfadarse y crecían en volumen. Había aprendido más rápido que Pablo a andar y hablar. Le gustaba jugar sola en su habitación con sus muñecas.

Pablo se había quedado con Eduardo, en casa de Aurelio.

—Estás pensando en los niños, ¿verdad? —le preguntó él.

—Sí.

—No te preocupes, es solo un fin de semana. ¿Qué les puede pasar?

Ella pensó en todo lo que podía pasarles mientras se mordía el labio inferior, hasta que él volvió a acercarse para darle otro beso, esta vez en la mejilla y le dijo:

—Quizás el médico estuviera en lo cierto y yo lo necesitara, pero estoy seguro de que a ti también te hacía falta un descanso.

Volvieron a quedarse en silencio.

—Lo que no acabo de entender —comentó ella— es que el Dr. Benmamán achaque tus anemias y la pérdida de peso al exceso de trabajo.

De nuevo el silencio.

—¿Te acuerdas del día que nos conocimos? —preguntó José.

—Sí.

—Cuando te saqué a bailar.

—Sí.

—Recuerdo el día siguiente —le dijo él cogiéndola de la mano—, cuando te fui a buscar al trabajo. Te llevé a una librería para comprarte un libro, a pesar de que me dijiste que no te gustaba leer. —José terminó la frase con una carcajada.

—A mí sí me gustaba leer.

—¿Ah sí?

—Me encantaban las novelas de Corín Tellado.

—¿Y por qué no me lo dijiste?

—Porque me daba vergüenza.

—¿Vergüenza? ¿De qué?

—Porque no es la clase de libros que se compran los amantes de la literatura, como dices tú.

—¿Que yo digo eso? —preguntó él arqueando las cejas—. Nunca he dicho eso y, si lo he dicho, me retracto.

Cada uno es libre de elegir lo que le gusta. La vida ya se encarga de imponernos lo que no nos gusta sin preguntar.

–De todas formas, nunca lo hubiera confesado. Me importaba demasiado lo que pudieras pensar de mí.

Él le cogió la cara entre las manos.

–Nunca pensaría en negativo de mi mujer y mucho menos por leer historias de amor.

Ella sonrió y bajó la mirada.

–¿Alguna vez has tenido dudas sobre lo que pensaba de ti? –preguntó él.

Clara reflexionó en silencio.

–Sí –respondió al fin–. Sobre todo cuando conociste a Inés.

–¿A Inés?

–El día que estuvisteis hablando de metáforas.

–¿De metáforas? ¿Con Inés? –dijo él riéndose para asombro de Clara–. Estoy seguro de que ni siquiera sabe lo que significa esa palabra. Es de ese tipo de mujeres que habla de conceptos que ha escuchado a otros.

Cerraron la conversación con un beso que se prolongó hasta que decidieron levantarse, cerrar las puertas de la terraza y correr las cortinas.

Por la mañana, bajaron a desayunar a la cafetería. José le dijo que lo esperase en la recepción, que tenía que volver a subir. Habían decidido ir a visitar el Monasterio de Piedra. Clara lo esperó durante quince minutos, hasta que, extrañada, subió a la habitación. Lo encontró en el baño vomitando. Entró para sujetarle la frente con la mano. Era lo único que se le ocurría hacer.

—Si te soy sincera —le dijo sentada en la cama—, a mí no me apetece ir al monasterio. Prefiero quedarme descansando.

—¿Estás segura? —preguntó él tumbándose encima del edredón—, yo estaré bien enseguida. Ha debido sentarme mal el desayuno.

—Prefiero quedarme aquí.

—Como quieras entonces.

—Además, nunca tenemos tiempo para hablar.

—Eso es cierto. Ven, acércate.

Ella se acercó a su lado y él le dio un beso. Aún olía al ácido del vómito. Clara fue a traerle una manzanilla. Cuando regresó, él estaba sentado en una silla, leyendo un folleto. Ella le dejó la infusión encima de la mesa y miró lo que estaba leyendo.

—Es la carta del restaurante —comentó él.

—¿Cómo puedes pensar en comer si acabas de vomitar el desayuno?

—Escucha cuál es el plato estrella —le dijo él sonriente—: arroz con bogavante —hizo una pausa y miró el espejo de la pared—. Me recuerda a mi madre.

—El marisco es muy indigesto —dijo Clara— y mucho más con el estómago así.

Él sonrió, le cogió la mano y tiró de ella hacia sí. Ella perdió el equilibrio y acabó sentada encima de sus rodillas.

—José, no seas tan brusco.

Él la estrechó y reclinó la cabeza en su hombro izquierdo a lo que ella respondió con un beso. Olía al jazmín de la pastilla de jabón del cuarto de baño.

Después se quedaron en silencio, mirándose. Clara se levantó de sus rodillas y dijo:

—¿Qué tal si nos vamos a dar un paseo alrededor del lago?

—¿No preferías quedarte aquí?

—Sí, pero podemos salir a pasear si te encuentras mejor.

—Como quieras —dijo él terminándose la infusión y poniéndose en pie.

Hacía calor pero el otoño acechaba con un viento fresco. Los árboles se mecían imitando el rumor del cauce de un río. Se cogieron de la mano como cuando eran novios. Clara se sentía tranquila. Si hubiera tenido a sus hijos más cerca, pensó, ya no necesitaría nada más en el mundo. Después de todo, para ella el amor no era otra cosa que estar tranquila y eso no lo cambiaba por ninguna otra emoción incontrolada.

—Te quiero, Clara.

—Lo sé.

José se rió.

—¿De qué te ríes?

—De que nunca me habías contestado así.

—Nunca me habías dicho que me querías así.

Hubo un pequeño silencio.

—¿Lo has necesitado? —le preguntó él.

—A veces.

—¿Por qué no me lo dijiste?

—Ya deberías saber que no me gusta hablar de mis cosas.

—¿Y ahora?

—¿Ahora?

—¿Ahora quieres?

—No hace falta.

–¿Por qué?

–Porque ya las sabes.

–No. No las sé.

–Disculpen –gritó una voz de mujer detrás de ellos.

Los dos se volvieron a mirar a una señora despeinada, con gafas de pasta marrón y folios arrugados en la mano.

–Perdonen –dijo llegando a su altura intentando recuperar el aliento–. Ustedes son la pareja de Madrid, ¿verdad? –Ambos asintieron mientras ella consultaba sus papeles–. Llevo buscándolos un buen rato para comenzar la excursión.

–Lo sentimos mucho –contestó José–. No sabíamos que nos esperaban.

–No importa –la señora tachó sus nombres de una lista.

–Habíamos pensado –José envió una mirada cómplice a Clara– no visitar el Monasterio.

La señora arqueó una ceja asombrada:

–¿No hacer la excursión?

–Eso es.

–¿Y qué piensan hacer? No hay otra atracción por los alrededores.

–Preferimos quedarnos aquí, paseando.

–¿Aquí? –dijo la mujer mirando a su alrededor, como si no hubiese visto antes el jardín–. Bueno. ¿Les han explicado ya los beneficios de estas aguas? –preguntó sin darles tiempo a responder–. Voy a aprovechar que hoy el grupo es bastante paciente.

Sin respirar apenas, procedió a darles una detallada descripción de las propiedades de las aguas termales. Mientras hablaba, Clara pensó en la etimología de la palabra paciente. Le llamaba la atención sobre todo su uso en una consulta médica. Quizás era una forma sucinta de obligar a los enfermos a esperar sin molestar.

—En realidad no creo que nos bañemos —comentó José.

—¿No quieren bañarse?

—No.

De repente puso los brazos en jarras y se rió con tres jas sonoros:

—Típico de los recién casados.

—Son diez años de matrimonio.

—¿Diez años? —repitió ajustándose las gafas—. ¿Y aún tienen cosas de qué hablar? —se rió de nuevo con sus jas entrecortados—. Pues a ver si se conocen de una vez por todas.

Se dio media vuelta y se marchó a paso ligero, sin esperar respuesta. José y Clara se miraron y estallaron en una carcajada.

Cuando regresaron a la habitación, ella llamó a su madre por teléfono.

—¿Qué tal la niña?

—Bien. Bueno, el sábado ha estado en casa, pero acaban de llevársela.

—¿A dónde?

—A casa de Aurelio.

—¿Por qué?

—Llegó tu suegro con Aurelio y con Pablo y la niña, en cuanto ha visto a su hermano, se ha querido marchar.

—Le dije que quería que se quedase con usted.

—¿Y qué voy a hacer? La niña quería irse y yo la he dejado. Además, Eduardo ha dicho que él se los llevaría el domingo a casa para esperaros allí.

—¿Eduardo solo con los dos?

—Eso ha dicho.

A Clara se le había acabado el buen humor, aunque estaba decidida a no perderlo del todo.

Esa noche soñó que volvía a casarse. Había elegido un vestido marfil sencillo, y no había nadie en la iglesia, ni en el salón. Cenaron mirándose el uno al otro, sin que nadie los interrumpiera. Se reían de lo nerviosos que habían estado en sus primeras citas. Él le decía que era la mujer más especial que había conocido. Bailaron durante horas. Daban vueltas alrededor de la pista, sin dejar de mirarse a los ojos. Cuando llegaron a casa, la cogió en brazos para cruzar el umbral. Después el aire se llenó de canciones infantiles. Los cuatro reían en el salón: José, Pablo, María y ella.

Se despertó sobresaltada y vio a su marido roncando a su lado. Se sentía inquieta, como cuando veía una película de cine y los protagonistas eran tan felices que siempre acababa sucediendo algo que lo estropeaba. Fue al baño a por un vaso de agua, abrazó a José y volvió a dormirse.

# X

El ataúd estaba abierto, mostrando la cara amarillenta e hinchada de José tras el vidrio hexagonal. Cientos de flores con forma circular y cintas con inscripciones se acumulaban en el suelo. Las siluetas vestidas de negro se removían, enmudeciendo sus pisadas en la moqueta. Había murmullos, llantos, gente que se aproximaba a ella y movía la cabeza, de un lado a otro, de arriba a abajo. Clara los miraba rígida, sentada en su silla, sin que las palabras pudieran llegar a sus oídos. Alguien le había dicho que se sentara en el sofá de tres plazas, que estaría más cómoda. Después, o quizás antes, alguien se había ofrecido a traerle algo de comer o beber, incluso algo de ropa. Ella seguía con la vista perdida al frente. De vez en cuando, al acercarse otra persona a mover su cabeza y sus labios, ella movía también la suya, de arriba a abajo, de abajo a arriba, lentamente.

Su madre se había sentado a su derecha. Con un pañuelo se restregaba las mejillas cuando alguien se acercaba a ellas. Hubo un momento en que Clara dejó de estar allí.

Aquel día, el día en que parecía que un tren invisible había pasado a cientos de kilómetros de velocidad a su lado llevándose con su impulso toda su vida, preguntó por el doctor Yebra. Una enfermera muy sonriente la condujo hasta su despacho. Al abrir la puerta, cuatro médicos que estaban situados de espaldas mirando unas radiografías, se volvieron con una mueca común. Clara entró despacio y se sentó en la silla que había preparada frente a la mesa.

—Lamentamos hacerla venir de nuevo, sin avisar, pero queríamos hablar con usted a solas.

Ella era incapaz de articular palabra, sintiendo la oscuridad, de manera que se limitó a devolverles la mirada.

—Clara, su marido tiene cáncer —sentenció el doctor Yebra, el único que se había sentado frente a ella.

Se quedó inmóvil, sin saber qué decir. ¿Qué significaba aquello? ¿Por qué se lo decían a ella? ¿Por qué no se lo habían dicho el día anterior a los dos? ¿Se iba a morir José? Miles de preguntas sin respuesta seguían viniéndole a la cabeza, mientras en su cara resbalaban las lágrimas.

—Lo siento mucho —dijo uno de los médicos.

Lloró en aquel despacho. Lloró de camino a casa. Pero después, nunca más volvió a llorar. No delante de José.

Él recibió la noticia unos días más tarde, en compañía de Clara. Preguntó por un tratamiento, por una solución, por un por qué. Los médicos le devolvían sus preguntas con un encogimiento de hombros y alguna que otra palmada en la espalda. De camino a casa, mientras conducía el Simca 1200, le dijo a Clara:

—Me curaré, ya lo verás, me voy a curar.

Un pellizco en la pierna le hizo volver a fijarse en la cara amarillenta de José. Clara miró a su madre, que le hacía muecas para que atendiera a alguien que, frente a ella, movía su cara y sus labios de arriba a abajo y de derecha a izquierda. No sabía quién era, ni podía escucharle. Le devolvió su movimiento de cabeza lento, reiterado. Cuando la persona se marchó, le pareció que su madre le recriminaba que no hubiera hablado. Clara miró a Adela y movió la cabeza de arriba a abajo lentamente. La madre volvió a pellizcarla y le dijo al oído que volviera en sí, que aquellas personas eran muy importantes y que hablaban de una oportunidad de trabajo para ella en las oficinas de su marido. Y algo más seguía diciendo mientras Clara se perdía en sus pensamientos.

José investigó ayudas en el trabajo y en el seguro privado, para poder ir a la clínica de Navarra. Mientras, todas las semanas asistía al hospital a recibir un tratamiento. Al poco tiempo el pelo se le cayó por completo y tuvo que comprarse una peluca. Había adelgazado mucho pero siguió trabajando hasta medio día. Cuando iba a por Pablo al colegio, se lamentaba de que la gente se cruzase de acera para no hablar con él. Clara le decía que no lo tomase como ofensa, que la gente no sabía reaccionar en esos casos. Pero para él fue muy duro no poder hablar con todos los vecinos que antes hacían lo imposible por encontrárselo.

Cuando consiguió el dinero se marchó a Pamplona. Clara quiso acompañarlo y le pidió a su madre que se ocupase de Pablo y de María, que por entonces tenía ya cuatro años. La abuela se quedó con ellos a su pesar y ella pudo irse con su marido. A los veinte días volvió a Madrid por una llamada de sus hermanas.

–Compréndelo –le dijo Jimena, agarrada del brazo de Piedad y Maribel–, madre está enferma, la han ingresado por una subida de azúcar y a ver qué hacemos con ellos.

Clara miró a Maribel y a Pili esperando una confirmación de sus cabezas, que no se hizo esperar. Pensó que dos niños más, de la edad de sus sobrinos, no deberían ser tanta carga para seis hermanos, tres de ellos mujeres. Sin embargo, no lo dijo.

–¿Es que no te das cuenta? Bastante ha tenido ya la pobre, cuidándolos casi un mes entero mientras tú estabas de viaje –remató Jimena.

–Estaba en el hospital, con mi marido –dijo Clara recordando a José en su silla de ruedas sin pelo y sin apenas carne–. Estoy todo el día metida en un hospital, ¿qué se supone que voy a hacer con ellos?

–Tú sabrás. A lo mejor tienes que ocuparte de tus hijos y que los médicos se ocupen de tu marido. Así es la vida.

Clara pensó en si ellas sabían o llegarían a saber alguna vez lo que era la vida.

De nuevo sintió un pellizco, esta vez en el brazo. Miró a su madre y después a una señora que llevaba un sombrero alto. La señora no movía la cabeza, quizás por culpa del sombrero, y únicamente movía los labios y se secaba las lágrimas con un pañuelo. Clara movió su cabeza de arriba abajo lentamente, hasta que la mujer se marchó. Su madre suspiró y esta vez le dio un codazo, mientras le preguntaba si no era capaz de derramar una lágrima.

Volvió a Pamplona con sus hijos. Alquiló dos habitaciones en un piso, gracias a una voluntaria que visitaba a los enfermos y a los familiares en el hospital. Otra señora se ofreció a llevar a Pablo y a María de paseo por las tardes a un parque cercano. Clara conoció también a un grupo de voluntarios que, sin pedir nada a cambio, hicieron a José una transmisión de energía llamada curación. Una a una, hasta diez personas distintas, asistían diariamente a la habitación del hospital. Lo ayudaron a relajarse y a aceptar su destino, incluso a esperar el mejor de ellos. Durante cuarenta días, José estuvo de muy buen humor. A Clara aquellas personas le hicieron más soportable la tristeza y la soledad.

Una de esas tardes, José le pidió bajar a los jardines del hospital. Ella lo vistió con mucha dificultad, le afeitó la cara huesuda y lo sacó en su silla de ruedas.

—¿Cómo me ves, Clara? —le dijo ya en la calle.

Ella se quedó muda, esperando a que él concretase su pregunta.

—Estoy mejor, ¿verdad? Yo me veo mejor.

Ella ahogó sus lágrimas y contestó con un asentimiento y un beso en lo alto de su cabeza calva.

Un pellizco la hizo volver a la sala, a mirar a José. Esta vez no se fijó en quién estaba delante de ella, sino en su marido. Seguía sin oír. Sin sentir. Era como si en realidad ella no estuviese allí. Solamente el nudo que le apretaba fuertemente la garganta le hacía sentir el cuerpo. Quiso decirle a su madre que ya había llorado durante ocho meses, que ya no podía llorar más. De repente, alguien se agachó frente a ella y la cogió de los antebrazos, le susurró que todo iría bien y la estrechó contra sí. Ella le correspondió, dejándose incluso caer hacia delante, permitiendo que Aurelio la ayudase a llevar esa carga.

# XI

La luz de la lámpara de la mesilla enfocaba directamente la página manuscrita de la libreta. Se había acostado por costumbre, aunque sabía que esa noche tampoco iba a poder dormir. Dentro de la cama, sentada con las piernas arropadas y la espalda en el cabecero, leyó de nuevo su libreta de asuntos pendientes: vender el coche y esparcir las cenizas de José en el mar. El resto de frases estaban tachadas: poner a su nombre las cuentas del banco, pagar los gastos de la incineración, de la clínica, encargarse de los recibos de la luz, el teléfono y el gas, del pago del colegio, de la hipoteca. Cerró los ojos y suspiró.

Recordó que vender el coche en principio le había parecido sencillo, aunque esa misma tarde se había dado cuenta de que no lo iba a ser.

—Ya se lo dije por teléfono —le dijo Clara en la calle al señor que no hacía más que mirar centímetro a centímetro el Simca 1200 blanco—. Mi marido era muy cuidadoso. El coche está impecable.

—No sé —contestó él mientras se limpiaba los dientes con un palillo—. Yo no sé cómo lo han tratado. ¿Y por qué lo vende?

—Porque no sé conducirlo.

—Ya.

Ella se quedó pensando. Quería acabar cuanto antes con ese asunto, pero, ¿por qué no? Podría sacarse el carné. Seguro que no era tan complicado. Sobre todo si lo tenían tipos como ese.

—¿Qué me dice? —volvió a preguntarle.

—No le daría más de lo que le dije por teléfono.

—¿Cómo?

—Piénselo. No creo que tenga ofertas mejores.

Ella se quedó mirando el coche. Estaba lleno de recuerdos, pero no podía hacer otra cosa. No tenía tiempo y mucho menos ahora que iba a empezar a trabajar.

En casa, Eduardo le preguntó por el coche. Ella le habló de la oferta.

—Pero si está impecable —gritó su suegro.

—Lo sé.

—Es un carroñero.

—Pero es el único que ha respondido al anuncio. Si no llama alguien más, tendré que aceptar.

—De eso nada.

—¿Y qué hacemos con él? Se estropeará si sigue en la calle sin moverse. Además, hay que mantenerlo. ¿Qué vamos a hacer con él?

Eduardo refunfuñó y se marchó golpeando el suelo con el bastón.

Clara había notado su cojera unos meses atrás, pero no se había atrevido a sugerirle que fuese al médico. Apenas podía subir las escaleras hasta el tercero y aún así, seguía asistiendo todos los domingos al cementerio. Le llamaba la atención su esfuerzo, porque ella nunca iba a visitar tumbas. Creía que la insistencia de su marido en que tirase sus cenizas al mar había sido producto del hastío de tener que acudir a la tumba de su madre todos los domingos con su padre.

Estaba segura de que José no quería que ella fuese allí. Y lo estuvo aún más el día de Todos los Santos, cuando llevó a los niños al cementerio.

Incluso el clima parecía querer disuadirla. Había amanecido nublado. Compró unas margaritas amarillas en uno de los puestos de flores de la entrada. La señora adornó el ramo con un celofán transparente, mientras miraba a Pablo y a María. Cuando se iban, les dio una rosa y les dijo: «para que se la llevéis a vuestro padre». Qué recado tan macabro, pensó Clara con ganas de arrancarles las flores de las manos. Pero Pablo sujetaba su flor con firmeza e incluso con aparente orgullo. Hasta entonces había evitado hablar de la muerte con sus hijos. Quiso hacerlo cuando, de camino a las verjas de hierro oxidado de la entrada del camposanto, una gota le resbaló por la frente. Miró al cielo. La tenue luz que se filtraba entre los grises de las nubes parecía luz de media tarde. En el suelo, los remolinos con papeles de chicles usados y pétalos de flores marchitos bailaban a sus pies. Olía a humedad. Otra gota le cayó en la mano y después otra y otra más. De repente, el cielo arrojó miles de lágrimas enfurecidas. Corrieron a abrazarse a la corteza áspera de un árbol a la entrada de los nichos. María empezó a llorar. Clara le dijo que no se preocupase, pero no sirvió de nada. Más tarde, el agua cayó en forma de lágrimas pesadas. Los tres, en silencio, con los zapatos inundados y el pelo resbalando por la cara, se dirigieron al nicho de José. Aquella sería la última vez.

Suspiró y volvió a abrir los ojos, para encontrarse con su libreta sobre la cama. Quería tachar aquel asunto pendiente, pero de momento no podía ir al mar a tirar las cenizas. Apagó la luz. Se tumbó guardando el espacio vacío de él, como si en cualquier momento José fuese a aparecer. No había bajado la persiana y después de un tiempo sus ojos distinguieron las luces amarillentas de las farolas de la calle impresas en el techo de la habitación. Cerró los ojos. Rezó un Padre Nuestro y un Ave María. Después abrió de nuevo los ojos.

Fue descalza a oscuras hasta el salón. Encendió la luz. No quería ver la televisión. Le aburría quedarse frente al monitor mirando esos programas con gente sonriendo que se empeñaba en mostrar la vida como si fuera una fiesta interminable.

Miró el mueble repleto de libros. Se le ocurrió buscar el que José le había regalado hacía tantos años, en su primera cita. Volvió a la cama. Encendió la luz de la mesilla y se puso a leer. Le pareció que habían pasado unos minutos cuando Pablo entró en su habitación frotándose los ojos. Clara cerró el libro y se levantó a prepararles el desayuno.

Un sábado sonó el teléfono hasta entonces mudo. Eduardo había salido y María corrió a descolgarlo.

—Mami, es para ti —gritó la niña desde el salón.

Clara se secó las manos con un trapo de cocina y cogió el auricular.

—Hola Clara —dijo la voz de Aurelio.

Ella se quedó muda, sin saber qué decir.

—¿Qué tal estás?

—Bien.

—Siento haber tardado tanto en llamarte.

Ambos se quedaron callados.

—Me ha dicho mi padre que empiezas a trabajar. ¿Cuándo?

—En un mes.

—Eso está bien, te ayudará a sentirte mejor.

—No lo creo.

Hubo un silencio.

—¿Clara?

—¿Sí?

—Sabes que puedes contar conmigo para lo que necesites.

Ella no contestó.

—Te volveré a llamar. Un beso.

Cuando se despidieron fue al baño a recogerse el pelo. Después continuó cansada fregando los platos.

María le preguntó de nuevo por papá. Pablo no se atrevía a hacerlo, pero esperaba con curiosidad la respuesta de su madre mientras fingía estar concentrado en las fichas del puzle. Clara pensó qué debía hacer: ¿hablar de la muerte? ¿inventar alguna historia edulcorada? Les volvió a explicar que su papá estaba en el cielo. Parecía una buena contestación, pero no era suficiente.

—¿Y por qué se ha ido al cielo? —preguntó María.

—Porque Dios ha querido que fuera.

—¿Y por qué Dios ha querido que fuera?

—Porque Dios es el que decide cuándo tenemos que ir al cielo.

—¿Y tú, mamá? —le dijo la niña con la voz entrecortada— ¿Dios querrá que te vayas también?

—No, hija, yo creo que quiere que cuide de vosotros.

—¿Y papá? ¿Papá no tenía que cuidarnos? —preguntó Pablo.

Clara zanjó el interrogatorio invitándolos a ir al parque. Le sorprendió que su hijo no se soltase de su mano en todo el trayecto y que no quisiera ir a jugar a los columpios, que prefiriera quedarse sentado junto a ella, mirando como otros niños se divertían. Entonces se dio cuenta de que no miraba a los otros niños, sino a sus padres.

De vuelta, a ella también le pareció que la calle estaba llena de mujeres acompañadas por sus maridos. Decidió mirar al suelo.

–Ten cuidado. Mira por dónde vas.

Se alegró de ver a Inés esperándola en el portal. Ella también está sola, pensó Clara mientras subían juntas las escaleras.

Fueron al salón.

–¿Cómo estás? –preguntó Inés sin darle tiempo a responder–. Veo que guapísima –dijo sentándose en el sofá–. Te sienta bien haber perdido peso.

Clara se encogió de hombros.

–¿Dónde está tu suegro? –susurró.

–No lo sé.

–Clara, siento mucho lo de tu marido, pero tienes que superarlo. Tienes que ser fuerte. Aún eres joven y tienes toda la vida por delante.

Aquel tópico discurso de ánimo, pensó Clara, preguntándose si sería producto de una reflexión personal o simple imitación.

Eduardo apareció de repente en el salón e Inés le susurró:

–Aquí está nuestro hombre.

Clara iba a preguntarle qué significaba aquello, pero Inés no le dejó; se levantó a darle dos efusivos besos a Eduardo y un largo abrazo. Mientras su amiga le daba el pésame a su suegro, se fue a preparar la comida.

Inés entró en la cocina y le dijo que el sábado iría a buscarla a las ocho, y se fue rápida hasta la puerta. Clara quiso preguntarle para qué, pero ella le lanzó un beso desde la entrada.

El sábado a las once de la noche se encontró sentada en una mesa, con un San Francisco dentro de un local oscuro, lleno de gente y de humo, con la música tan alta que era imposible creer que allí se pudiera hablar. Sin embargo, Inés se lo demostró con un intercambio continuo de palabras a distintos oídos masculinos.

–¿Acaso no te acuerdas de que hubo un tiempo en que bailabas? –le preguntó su amiga cuando se marchó su acompañante.

–Apenas –gritó.

–Este local está siempre lleno de solteros y divorciados.

–¿Cómo estás? –le preguntó Clara hablándole al oído.

Era la primera vez desde hacía tiempo que intentaba hablar con ella; hablar de verdad, no para ocupar silencios.

–Bien –contestó Inés.

–¿Sigues con él?

–Sí –dijo ella mirándose en el dorso de la mano una piedra azul verdosa rectangular sobre una garra de oro amarillo–, seguimos juntos, aunque empiezo a perder la esperanza de que algún día deje a su mujer.

–Lo siento.

–No lo sientas, quizás sea lo mejor. Pensé en aquello que me dijiste del melocotón con piel de plátano. ¿Te acuerdas? –Clara se acordaba perfectamente–; quizás tengas razón y esta sea la relación que yo necesito.

–Entonces, ¿por qué sigues buscando?

–¿A qué te refieres?

–¿Por qué vienes aquí?

–Porque me gusta bailar –contestó ella riéndose–. ¿Acaso es malo divertirse?

–No –dijo Clara pensando en que ahora era Inés la que no quería hablar de sus cosas.

—Vamos, vamos a bailar.

—No me apetece, de verdad. No lo necesito.

Miró las luces de colores que giraban en la pista tiñendo a la gente de rojo, azul y verde. Se había puesto un vestido negro que Inés se había empeñado en prestarle. Decía que toda su ropa era demasiado sobria para ir a un local como aquel. Clara se sentía incómoda con un escote tan amplio y una falda tan corta. No le gustaba vestirse con ropa insinuante. No quería ser el escaparate de miradas de deseo. Su amiga también se empeñó en perfumarla; «parezco un ambientador humano», pensó.

Algunos hombres se acercaban para bailar, pero ella se negaba. Inés miraba de reojo, haciéndole señas con la cabeza. Clara fingía no darse cuenta, mientras recordaba la cara que había puesto Eduardo cuando vio que se marchaban.

Su amiga se había inventado una excusa perfecta: un cumpleaños. Esa tarde, cuando Inés se había acercado cariñosamente hacia Eduardo besándolo en las mejillas, él se había ruborizado como un adolescente. Después ella lo había cogido por los hombros y había admirado su fortaleza y su buen estado físico. Aprovechando su borrachera de vanidad, ella le había comentado que quería invitar a su nuera a un cumpleaños. Se trataba, le había dicho, de una cena con amigas. Iban a ir a su casa a recordar viejos tiempos. Él tenía que comprender que para una mujer era necesario reunirse ocasionalmente con otras mujeres. Él asintió sin atreverse a defraudarla y zanjaron el tema con dos besos y un ligero pellizco en la mejilla descolgada de Eduardo.

Clara empezaba a acusar el cansancio de toda la semana cuando vio a un hombre alto, fuerte, que le resultaba familiar. Por el humo blanco y espeso del puro parecía el jefe de Aurelio. Él se dirigió hacia la mesa en la que estaban sentadas. Inés hablaba con un joven que acababa de acercarse a ellas. Clara le señaló a su amiga la locomotora humana que se acercaba hacia ellas con un gesto. Inés lo miró y se quedó paralizada, sin saber qué hacer. Al fin, se levantó sonriente para darle un beso. Él apartó la cara y le dijo algo que Clara no alcanzó a escuchar. Inés parecía rogarle que se calmase, pero él se dio media vuelta y se marchó hacia la pista, seguido de ella. Clara no sabía si ir detrás de ellos también o quedarse allí. Optó por lo segundo.

Los perdió de vista. Los hombres se acercaron con mayor frecuencia para sacarla a bailar. Ella negaba con la cabeza, hasta que uno, sin permiso, se sentó a su lado. Era rubio, con entradas pronunciadas. Tenía los ojos hundidos y las manos pequeñas con los dedos cortos y ligeramente doblados. Eran unas manos cuidadas, blancas, sin marcas de trabajo y con un ligero abultamiento a la izquierda de la uña del dedo corazón. El mismo bulto que le había visto al director del banco y al propietario de la funeraria, el mismo que tenía José de apoyar el bolígrafo.

—¿Estás sola? —le gritó al oído.

—No —contestó ella apartándose un poco.

Él sonrió con cara de incredulidad, acercándose aún más.

—¿Te gusta bailar?

—Antes sí.

—¿Antes? ¿Antes de qué?

Se quedó callada. Él se levantó.

—Vamos —dijo mientras le tiraba de la mano—. Vamos a bailar.

—Suélteme —dijo Clara dándole una palmada con su otra mano.

Él tiró con más fuerza.

—Déjeme en paz, le he dicho.

En ese momento apareció Inés y cogiéndolo de la solapa, le ordenó que se marchase, que estaba molestando. Él echó hacia atrás la cabeza, como si se retirara una espesa melena, y desapareció entre la gente.

Inés, con lágrimas en los ojos, propuso volver a casa.

Clara le preguntó en el taxi qué había pasado, pero ella no quería hablar.

Entró en su casa descalza, de puntillas, sin encender las luces del pasillo. A tientas, se quitó los zapatos. Uno se cayó al suelo, pero apenas lo oyó por el zumbido de los oídos. Fue a la habitación de los niños. Estaban dormidos. Los besó en la frente.

Al día siguiente, Eduardo no habló con ella, aunque les dijo a sus nietos que olía a humo en toda la casa.

# XII

—Sígame por favor —le dijo la mujer con gruesas hombreras.

Clara obedeció, afanándose en abrocharse bien la chaqueta del viejo traje azul celeste. Un ligero temblor en el párpado se apoderó de su ojo izquierdo. Pasaron por un pasillo amplio, de suelo enmoquetado gris. Miró hacia el techo, que estaba dividido en cuadrados con perfiles blancos de aluminio. Los fluorescentes intentaban brillar tras las rejillas de hierro rectangulares.

Por fin llegaron a una puerta ante la cual la mujer se detuvo y llamó débilmente dos veces con los nudillos. Dentro, un señor con gafas de pasta, sentado tras una mesa de nogal burdeos, alzó los ojos.

—Doña Clara está aquí —dijo la mujer.

Él salió de detrás de la mesa a su encuentro.

A ella le costó reconocerse tras un «doña» delante de su nombre.

—Pase, por favor —dijo el hombre y le estrechó la mano.

Nunca había dado la mano, no de manera profesional, así que apenas apretó los dedos.

—Siéntese —le ordenó él mientras le señalaba la silla frente a su mesa.

La mujer salió del despacho con una sonrisa y cerró la puerta. Él volvió a su butaca de piel almendrada.

—José me habló mucho de usted... Lo cierto es que era un buen hombre —hizo una pequeña pausa—, pero imagino que eso ya lo sabe.

Ella lo miró en silencio a los ojos aumentados por las gafas.

—Habría hecho cualquier cosa por él. Siento de veras su pérdida, créame.

Ella asintió con los párpados, mientras el izquierdo se empeñaba en temblar.

—Lamento que tenga que incorporarse así de rápido pero no puedo demorarlo mucho más. Los sindicatos se me echarían encima. He pensado en enviarla al departamento de administración, como secretaria o auxiliar administrativo. ¿Ha trabajado alguna vez en una oficina?

Ella negó con la cabeza. Se tapó el ojo con la mano.

—¿Sabe taquigrafía?

—No —contestó ella bajando la mirada hasta el suelo.

—¿Tiene conocimientos de mecanografía?

—Tampoco —volvió a contestar Clara sin mirarle.

Él suspiró.

—El Sr. Ramírez le indicará lo que tiene que hacer —le dijo el hombre—. No se preocupe.

Ella levantó la cabeza. Sintió alivio al escuchar esas palabras; como si frenase una ráfaga de viento que arrastra lo que inútilmente intentas recopilar.

Él se levantó, indicándole, mientras le estrechaba de nuevo la mano, el camino que debía seguir.

—Lo siento, de veras, siento mucho lo de su marido. —Le abrió la puerta—. Si lo necesita, llámeme.

Y cerró la puerta, dejándola sola en el pasillo. El párpado le seguía temblando.

Desde las escaleras del segundo piso se podían oír las noticias de la radio de Eduardo. Clara abrió la puerta de la calle y Pablo corrió a su encuentro seguido por María. Ella los abrazó, pero sin prolongar el abrazo. No quería transmitirles su decaimiento.

El niño le dijo algo, pero lo único que pudo escuchar fue la voz con acento andaluz del nuevo presidente del gobierno. Le encargó a su hijo que le dijera al abuelo que quitase la radio y fue a cambiarse de ropa a la habitación. Escuchó a Eduardo gritar que qué se le habría perdido a Juan Pablo II en España y que no pensaba apagar el transistor.

–Eduardo –dijo Clara volviendo al salón–, haga el favor de bajar un poco el volumen, está demasiado alto.

–¿Demasiado alto?

Su suegro se estaba quedando sordo, a pesar de que él se empeñase en que oía bien y que no necesitaba ningún aparato.

Mientras cortaba la verdura para la cena, Clara soportaba con los antebrazos su peso sobre la encimera de la cocina. Cuando el agua empezó a hervir, se quedó absorta mirando saltar los trozos de zanahoria y judías en la cacerola. Después empezó a preparar también la comida del día siguiente. Cenaron, ella sin hambre, y se acostaron.

Tardó muchas horas en quedarse dormida pensando en la oficina. En cómo sería el Sr. Ramírez. En qué tipo de trabajo tendría que hacer. En cómo iba a ser capaz de hacerlo. Cuando creyó haberse dormido, sonó el despertador.

Se vistió de nuevo con su único traje, calentó la leche de los niños y untó la mantequilla en el pan. Después, peinó a María e indicó a Pablo la hora a la que tenía que despertar a su abuelo para ir al colegio.

El Sr. Ramírez le pidió la tercera carta urgente. Clara pensó si sus cartas siempre serían urgentes. Todo en la oficina lo era. O al menos ella lo sentía así.

—¿Ha terminado ya? —le gritó él desde la puerta entreabierta de su despacho.

—Casi —contestó ella tapándose el ojo izquierdo.

—Le dije que era urgente.

—Ahora mismo —le contestó Clara poniéndose en pie y volviéndose a sentar.

Se había comprado un diccionario pequeño que consultaba bajo su mesa. No quería que nadie supiera que tenía faltas de ortografía.

Cuando terminó, fue a entregarle la carta mecanografiada al despacho. Él no alzó la vista.

Al volver a su mesa, Clara se dio cuenta de que todas las compañeras se levantaban de sus sillas. Consultó el reloj. Era hora de desayunar, pero ella no pensaba hacerlo. Aquellos papeles y la máquina de escribir la tenían absorta. «Tengo que esforzarme por no parecer tan ignorante como me siento», pensó tapándose de nuevo el ojo con la mano.

Nora, una de sus compañeras, se volvió desde la puerta del ascensor y la invitó a ir a la cafetería con ellas. Le sorprendió que lo hiciese. Aquella mujer tenía un cargo de responsabilidad en la empresa, al igual que las otras mujeres con las que se relacionaba. Nora le sonrió, aunque Clara no estaba segura de que fuese una sonrisa; parecía más bien una mueca inexpresiva.

—Vamos Lara, te vendrá bien tomar un café —le dijo ella de nuevo.

La presentaron como Lara, pues Nora usó desde el primer día aquel nombre para referirse a ella. Clara no se atrevió a decir que no se llamaba así.

En la cafetería buscaron una mesa redonda. A ella le apetecía un vaso de leche caliente, pero esperó a que todas pidiesen para beber lo mismo.

Se echó un sobre entero de azúcar en el café y lo probó. Le recordó el sabor de los dos únicos cafés que había bebido; el primero lo había tomado junto a Aurelio y el segundo con Inés. Le siguió pareciendo amargo, aunque un poco menos. Pensó en que todo lo que creaba adicción debía ser como aquello: la costumbre y la frecuencia se encargaban de convertir lo malo en bueno.

Nora se empeñó en que desayunase algo más. Ella no quería, pero no lo dijo.

—Nos alegra que hayas venido a nuestro departamento —dijo y le puso delante una tostada oscura, que parecía querer levantarse inclinando sus secas esquinas hacia arriba—. Nosotras éramos compañeras de José y, la verdad, teníamos ganas de conocerte.

Todas asintieron, mientras ella miraba la tostada en los intervalos lúcidos de su ojo izquierdo.

—Pareces agotada —le comentó Nora.

—Lo estoy —dijo ella sorprendiéndose a sí misma.

—Creo que necesitas ayuda, me refiero a una mujer que te ayude con las tareas domésticas. Te liberaría de mucha carga conseguir a alguien que hiciera eso por ti.

La sugerencia le pareció una intromisión en su vida privada y ellas debieron percibirlo, ya que comenzaron a discutir, a pesar de estar de acuerdo, sobre la igualdad de sexos, el papel de la mujer y otros temas desconocidos para Clara. De repente se acordó de las conversaciones que había tenido con sus amigas de juventud; el discurso de Nora se parecía un poco al de Merche y, al igual que entonces, seguía sin comprenderlo. Después, una dijo que era una lástima que aún hubiera mujeres más machistas que los propios hombres. Clara siguió desayunando, pero todas dejaron de hacerlo para mirarla. Ella se tragó el trozo de tostada que se había detenido en su boca. Nora la tocó en el hombro y le dijo:

—No lo decíamos por ti, Lara. Además, todas sabemos que José no era de ese tipo de hombres.

Ella no les dijo que no se había sentido ofendida. Tampoco les preguntó que a qué tipo de hombres se referían.

—Gracias a José —dijo una— aún no me han prejubilado.

—¿Y qué me decís de cuando hospitalizaron a mi hijo? —dijo otra—. Estuvo trabajando por los dos durante un mes.

—José era un hombre sensible y comprensivo —dijo Nora mientras las demás asentían—. Podías hablar con él sobre cualquier tema que te preocupase. Pero, ¿qué podemos decirte de él que no sepas tú? —dijo recuperando su mueca de sonrisa.

Las últimas palabras de Nora se le grabaron como un eco profundo. Dejó de partir la tostada seca y alejó el plato con la mano. Podría haberle contestado que ya habían dicho cosas que ella no sabía de José. ¿Comprensivo? ¿Sensible? Era como si hablasen de otro hombre. Uno al que le gustaba escuchar «cualquier tema que te preocupase». Clara nunca habló con él de temas que le preocupaban. Era cierto que a ella no le gustaba hablar de sus cosas, pensó, pero, ¿qué habría pasado si le hubiera confesado sus temores, sus desilusiones, su inconformismo?

—No sientas pena —le dijo Nora mientras hacía una seña de silencio a las demás—, piensa que fue afortunado. Quién sabe si nosotras tendremos a alguien cuando nos llegue la hora.

Regresaron en silencio a la oficina.

—Estás muy guapa —le dijo Aurelio esa tarde en la cafetería, mientras la cogía de los antebrazos y la besaba en las mejillas.

Clara sonrió. Se sentaron en una mesa apartada.

—¿Trajiste los papeles del coche?

Ella asintió, entregándole la carpeta de plástico amarillo que llevaba en la mano.

—Yo me ocupo de todo —dijo él mientras le hacía una seña al camarero para que se acercase—. Te sienta bien el traje. ¿Es nuevo?

Ella se alegró de la pregunta. Por fin alguien reparaba en su ropa.

El camarero se acercó con una libreta con pecas transparentes. «Probablemente de grasa», pensó Clara.

—Un café con leche.

Él se pidió otro. El camarero se alejó.

—¿Un café? —preguntó Aurelio.

—Sí.

—Pensé que no te gustaba.

—Y no me gusta, pero he aprendido a beberlo.

Él se rió. De repente, a ella le recordó la sonrisa tímida de cuando se conocieron, hacía muchos años ya.

—¿En qué piensas? —dijo él posando levemente su mano sobre la de ella, como si hubiera podido leerle la mente.

—En nada.

El camarero se acercó con los cafés y los puso sobre la mesa. Ella retiró su mano para coger la taza.

–¿Cómo te sientes? –le preguntó cuando se marchó el camarero.

–No lo sé.

–¿Sola?

Clara pensó en que muchas veces antes había experimentado soledad, a pesar de haber estado casada, pero reconocerlo habría sido injusto para la memoria de su marido; sobre todo, en el sentido que tenía para la gente la soledad.

–Sola no –respondió por fin–, me siento necesitada.

–¿De qué?

Ella se encogió de hombros. No sabía qué nombre poner a sus necesidades: ¿marido?, ¿amigo?, ¿compañero?

–Siempre puedes contar conmigo –dijo Aurelio.

Ella lo miró.

–Siempre que lo necesites –repitió y volvió a cogerle la mano.

Ella la retiró lentamente para beber el café.

–Te he echado de menos –dijo él antes de irse–. Me gustaría volver a verte.

Clara le señaló la carpeta:

–Tendremos que hacerlo.

Él volvió a cogerle de los antebrazos para besarla en la mejilla, prolongando el contacto de su cara.

—¿Dónde vives? —le preguntó Clara a Andrea en el sofá de casa.

Nora no había tardado más de dos días en conseguirle la entrevista con una empleada doméstica. Clara había estado inquieta en la oficina cuando Nora se lo dijo. Le había confesado que quizás no podía permitírselo, pero ella insistió en que no se trataba de un capricho, sino de una necesidad.

Mientras esperaba la respuesta de la chica, pensó en cómo iba a dejar que aquella extraña se quedase en su casa, en su habitación, en su cocina. Cómo iba a dejarla a cargo de sus hijos. Todo era demasiado desconocido. Pero tal vez Nora tuviera razón, quizás debía dejarse ayudar.

Andrea había llegado puntual. Le gustó. Era joven, pelirroja. Vestía una camisa amplia de color marrón y un pantalón naranja. Tenía el pelo rizado que le caía a los lados de la cara. Se afanaba en retirárselo a soplidos breves.

—Aquí cerca. A veinte minutos.

—¿Tienes hijos?

—No —dijo ella soplándose un rizo que le caía encima del ojo derecho.

Clara recogió el papel arrugado que la joven había sacado de un pequeño bolso negro de tela. Lo abrió y leyó tres nombres de mujer seguidos de tres números de teléfono.

—Estas son mis referencias.

No sabía cómo tratarla. Nora le había dicho que la tratase de usted, para marcar cierta distancia. Sin embargo, era difícil llamar de usted a una chica más joven que ella.

Oyó a Eduardo entrar en la casa. Se detuvo tras la puerta del salón durante unos minutos. Después se marchó a encerrarse a su habitación de un portazo. Clara no creía que hubiera podido escuchar demasiado, teniendo en cuenta su sordera.

Cuando Andrea se fue, golpeó suavemente con los nudillos la puerta de la habitación de su suegro, algo que nunca había hecho con anterioridad. Él no le respondió. Volvió a llamar más fuerte. Y más fuerte. Cuando se preparaba para golpear de nuevo, él abrió la puerta.

—¿Sí? —preguntó extrañado.

—Eduardo, quería comentarle que voy a contratar a una mujer para que me ayude en casa.

—¿A una mujer? —gritó él.

Clara no supo si lo hacía por su sordera o porque se había disgustado.

—Sí, a una chica que entrevisté hoy.

—Nosotros no necesitamos a ninguna chica.

—Sí la necesitamos Eduardo, yo no puedo con todo. Los niños se están levantando muy temprano y estoy agotada.

Pensó que era la primera vez que hablaba con él de sus cosas.

—Nosotros no necesitamos a nadie —volvió a decir él gritando.

—Yo creo que sí y quería que lo supiera.

—¡Qué diría mi mujer! ¡Qué diría José si levantara la cabeza! ¡Una extraña en casa!

—En una hora estará lista la cena —resolvió ella dándose la vuelta de camino a la cocina.

Siguió escuchando sus protestas durante toda la noche. Los niños se enteraron a través de ellas de la llegada de Andrea. Clara les dijo que Andrea les prepararía el desayuno y los acompañaría al colegio. Eduardo aseguró que él seguiría llevando a sus nietos a la escuela; no iba a dejar que nadie lo hiciera por él. Ella se calló.

De madrugada, Clara se levantó y se fue a la habitación de los niños. Dormían. Se quedó un rato mirándolos con la luz tenue procedente del pasillo. Acarició la cabeza de su hijo. Había crecido mucho. La cama se le había quedado pequeña. El niño se movió inquieto bajo las sábanas. Ella regresó a su habitación de puntillas y se acostó.

No podía conciliar el sueño. Miró el reloj. Aún le quedaban cuatro horas para ir a trabajar. Encendió la luz de la mesilla, cogió su libro y se puso a leer. Volvió a mirar el reloj. Apagó la luz. Se dio la vuelta hacia la derecha, después hacia la izquierda, boca arriba, boca abajo y, de repente, se acordó de Aurelio, de su sonrisa, del contacto de su mejilla, hasta que se perdió en la oscuridad.

El señor Ramírez la telefoneó a su mesa para comprobar si había terminado. Le dijo que le quedaba un minuto. Ella consultó en el diccionario la palabra «sujeción»; se levantó con el temblor del ojo izquierdo y las dos cartas en la mano y se fue hasta su despacho.

Cuando regresó, Nora le hizo una seña para que se acercase a su mesa. «No te dejes intimidar. Eres nueva» –le dijo–, «es normal que seas más lenta». También le aconsejó que, en lo sucesivo, le dijera a Ramírez que no telefoneara constantemente para comprobar si había acabado.

Clara se encontró a Inés y a su hijo sentados en el sofá de casa. Andrea cambiaba de ropa a María en la habitación, mientras que en la de Eduardo se escuchaba la radio.

—A tu suegro no parece gustarle mucho la nueva empleada —le dijo Inés.

—A mi madre tampoco —contestó Clara mientras se quitaba el abrigo.

Acababa de coincidir con su madre en la calle. Hubiera preferido no hablar con ella después de aquel día de trabajo, pero no pudo evitarlo. Le llamó la atención su pelo. Estaba blanco por completo, sin el tinte rubio habitual.

—Me marcho.

—¿Tan pronto? ¿Por qué no sube conmigo?

—He visto a esa chica.

—¿A Andrea?

—¿Cómo puedes dejar a una extraña a cargo de tu casa?

Se sentía sin fuerzas. Sin embargo respondió:

—No, madre, no la dejo a cargo de la casa. Le dejo aquello de lo que yo no puedo hacerme cargo. Estoy muy cansada.

Se arrepintió de inmediato de haberlo dicho, pero ya era demasiado tarde.

—Cansada, dice. Pronto te cansas. ¿Y si hubieses tenido que criar a siete hijos tú sola? Pero, ¿cómo ibas a saberlo? Con un marido como José.

Otra vez José. Todo el mundo parecía conocerlo mejor que ella, pensó con un nudo en la garganta.

—Madre —la voz le salió en un hilo—, aunque pudiera parecerlo, mi matrimonio no fue fácil.

—¿Que no fue fácil? —se rió, acompañando sus palabras con un movimiento del dorso de la mano derecha, como si abofetease el aire que había entre ellas dos—. Tú no conoces otra cosa que la vida fácil. Has vivido sin preocupaciones. Nunca te ha faltado de nada.

—Si no me falta de nada —dijo Clara recuperando la voz—, ¿por qué estoy trabajando entonces?

—Eso mismo me pregunto yo. ¿Qué haces en una oficina? ¿Acaso no tienes una pensión?

—Quiero que mis hijos estudien. Yo quiero lo mejor para ellos.

—¿Qué quieres decir, que irte a una oficina y tener una señora en casa es lo mejor para tus hijos? Entonces yo, ¿no os he dado lo mejor? ¿Es eso lo que insinúas?

—Yo no insinúo nada, madre; usted nos dio lo que pudo y no creo que fuera poco.

—¿Poco?

El tono de voz de su madre se iba elevando por momentos. Clara se sentía incómoda. Le hizo un gesto para que entrase al portal. Ella sacudió su cabeza blanca y se dio media vuelta.

Se quedó observándola mientras se alejaba pesadamente calle abajo.

—¿Estás bien? —le preguntó Inés.

Asintió con la cabeza, le dio un beso a Pablo y se fue a ver a María. Andrea se despidió hasta el día siguiente.

Cuando los niños se acostaron, ellas comenzaron a hablar en voz baja en la cocina, mientras Eduardo leía un periódico en el salón.

—¿Cómo estás tú? —le preguntó Clara.

—Bien. Fue uno de sus enfados tontos. Se le pasará.

—¿A quién?

—Pues a quien va a ser, a mi novio.

—Ya.

—No le gustó verme allí y menos aún acompañada de un joven tan atractivo —dijo Inés sonriendo—. Se puso celoso.

—Tienes derecho, estás soltera.

—No, no lo estoy.

—¿No?

—Por supuesto que no.

Hubo un silencio.

—¿A qué viene este interrogatorio? —dijo su amiga elevando un poco la voz.

Clara se quedó callada. Se dio cuenta de que Inés estaba decidida a no hablar de sus cosas con ella.

—No te preocupes por mí —dijo riéndose de repente—. Yo no soy como tú. Yo sé disfrutar de la vida.

A Clara le sorprendió que creyera saber cómo era ella, y no solo eso, sino que pensara que no sabía vivir. ¿Acaso se le podía llamar vivir a estar supeditada a los deseos de otra persona? ¿A hipotecar el presente por la ilusión de un futuro mejor? Pero no dijo nada porque sentía que, aunque su amiga sí que no sabía vivir, quizás tenía razón y ella tampoco sabía.

—¿Tienes hambre?

—No. ¿Cuándo lo repetimos? —dijo Inés bajando la voz de nuevo.

—¿Qué?

—Ir a bailar.

—Nunca.

—Vamos, te prometo que no volveré a estropearte la noche.

—No me la estropeaste, estaba deseando salir de allí.

—¿Acaso no quieres conocer a alguien? ¿Es que piensas quedarte sola?

Clara guardó silencio.

Eduardo seguía sin aceptar la presencia de Andrea. La relación había empeorado ahora que él tenía dificultades con las escaleras y era ella quien iba a buscar a los niños al colegio.

El viernes le extrañó que, a pesar del rechazo que sentía Eduardo por ella, antes de irse Andrea se interesara por la comida favorita de su suegro. Al principio no supo qué contestarle, hasta que se acordó del arroz con bogavante. Andrea le pidió que comprara los ingredientes el fin de semana.

El martes, cuando Clara volvió de la oficina, Eduardo había salido de su habitación. La radio estaba apagada.

—Hasta mañana, Don Eduardo —se despidió Andrea.

—Adiós —contestó él, juntando las cejas sin devolverle la mirada.

—Me alegro de que le gustase el arroz —le volvió a decir ella.

Se oyó un mugido por respuesta.

—La verdad, me ha ayudado mucho. No sé qué haría si no estuviese usted aquí —le dijo y le hizo un guiño a Clara antes de salir.

Él inspiró hondo y miró a su nuera con un gesto parecido a una sonrisa. Después, se marchó a la habitación de Pablo.

Andrea había sido capaz de conquistarles por completo. «Si yo hubiera poseído esa misma mano izquierda —pensó Clara— quizás todo hubiese sido distinto».

# XIII

Esperaba en la calle a que Aurelio llegara. Había oscurecido. Estaba de pie frente a la puerta de la cafetería. Se frotó aterida las manos desnudas. Decidió entrar. El aire estaba lleno de conversaciones entre hombres y mujeres; de humo; del ruido de tazas golpeadas por cucharillas haciendo movimientos circulares o desplomándose a un lado; de toses.

Escogió una mesa del fondo, desde donde podía pasar desapercibida cuando mirase a su alrededor. Le pareció que todas las mujeres iban acompañadas por hombres. Todas menos ella.

Bajó la mirada hacia la mesa y se encontró una cartulina blanca plastificada. Leyó las especialidades del local: cafés, chocolates, combinados con o sin alcohol, infusiones. Pidió un chocolate. Entonces se acordó. Sacó de su bolso el libro que le había regalado José; era la segunda o la tercera vez que lo leía. Había descubierto que aquellas letras impresas transmitían no solo hechos, sino emociones.

—Siento el retraso —dijo cogiéndola por los antebrazos para besarla—. No pensé que ya estarías dentro. Estás guapísima.

—Gracias.

—No es un cumplido —respondió él negando con la cabeza mientras se sentaba—. Tengo buenas noticias: un comprador para el coche.

Ella sonrió al ver la cifra escrita en un papel.

—¿Puedo hacer alguna otra cosa por ti?

—Ya has hecho suficiente, créeme.

Ella lo miró en silencio.

—¿Seguro que no hay nada en lo que pueda ayudarte? —Aurelio terminó la frase acercando su silla.

—Voy a comenzar un curso de mecanografía.

—¿Y? —él acercó su cabeza a la de ella.

Clara subió la voz. Pensó que quizás no la escuchaba bien.

—Necesitaría que alguien se encargase dos días a la semana de los niños. Por la tarde. Apenas una hora. Yo preferiría que fuese tu padre antes que tener que ampliar el horario de Andrea; sin embargo, temo que me diga que no. Ya lo conoces —Aurelio asintió—. Quizás, si tú se lo pidieras...

—No te prometo nada, aunque lo intentaré. No te preocupes.

Clara sonrió al escuchar aquellas palabras. Miró su reloj y se dio cuenta de que debía marcharse.

Sintió una bofetada de aire frío y seco al salir de la cafetería. A pesar de su insistencia, se negó a que Aurelio la llevase a casa. Prefería caminar para ver los adornos de las calles. Le gustaba la Navidad, a pesar de que le hacía sentirse más sola que nunca.

El siguiente fin de semana era Nochebuena y cenarían los cuatro en casa. La idea de quedarse sola con sus hijos no le gustaba. Su hermana Jimena la había llamado para preguntarle si contaban con ella. «¿Qué clase de hermanas no te ayudan cuando lo necesitas y luego te proponen cenar en familia?», pensó.

—Vamos a casa de la abuela en Nochevieja, ¿verdad? —le había preguntado Pablo antes de salir.

—No hijo.

—¿Por qué no?

—Porque lo vamos a celebrar aquí, en casa, nosotros solos.

—Pero yo quiero estar con los primos.

—Este año no va a poder ser.

—Pero, ¿por qué no?

—Porque ya somos demasiados para juntarnos en casa de la abuela.

—Pero mamá, yo quiero estar con los primos.

—Tú vas a celebrarlo con tu familia, con tu madre y con tu hermana —dijo ella rotunda.

—No quiero —dijo Pablo. Tiró su mochila al suelo y se marchó a su habitación.

—¿No vais a ir a casa de tu madre? —le preguntó Eduardo, que había estado escuchando en silencio en el pasillo.

—No —contestó ella, recogiendo la mochila del suelo.

—¿Por qué?

—Porque no.

—Te empeñas en pasar todo el día fuera de casa haciendo cursos y ahora quieres estar la Navidad sola con tus hijos. Desde luego no hay quien te entienda.

Ella lo miró en silencio y fue a por su abrigo al perchero.

—Es que no lo entiendo —repitió él —, si prefieres estar sola con tus hijos ¿por qué no estás nunca en casa?

—Mire Eduardo, creo que ya quedó claro que trabajo, que me estoy formando y que si lo hago es por esta familia, por dar un futuro mejor a mis hijos. No me gusta tener que justificarme. Además, usted no tiene que hacer lo que yo le diga, puede irse con cualquiera de sus dos hijos a cenar.

Eduardo se dio media vuelta y se marchó a la habitación de Pablo. Ella se quedó inmóvil, con el abrigo puesto en el pasillo. Sabía que él no tenía otra opción que quedarse con ellos en Nochebuena. Aurelio iba a ir a casa de sus suegros y su otro hijo de Barcelona iba a marcharse al extranjero. Además, él no sabía la razón por la que ella no quería ir a casa de su madre y no tenía por qué saberla, pensó. Fue a la habitación de Pablo y abrió la puerta; Eduardo estaba sentado en la cama con su nieto.

—Siento haberle hablado así, me gustaría mucho que cenara con nosotros. Es bueno que sus nietos celebren la Nochebuena con usted.

A él no le dio tiempo a responder. Pablo y él se quedaron mirándola con cara de sorpresa mientras ella cerraba la puerta de la habitación.

Siguió caminando mientras observaba los escaparates con estrellas, con campanas doradas, con pinos, con cintas rojas, verdes y plateadas. Los sonidos también eran diferentes a los de otra época del año. Los villancicos salían de repente al abrirse la puerta de una tienda o de una cafetería. Los niños, disfrazados de pastores, reyes magos o princesas, tocaban panderetas y silbatos mientras saltaban a lo largo de la avenida. Incluso los olores eran distintos: chocolate caliente, turrones caseros y mazapanes se adivinaban al pasar frente a las panaderías. Todo el mundo parecía más feliz y en el fondo eso era contagioso.

Caminó dejándose impregnar de la alegría hasta llegar a la parada de su autobús. Quería ver a sus hijos despiertos.

María corrió a su encuentro. Ella la besó en la cabeza y buscó a Pablo para preguntarle por el colegio. Desde que empezase a leer sobre educación infantil, le interesaba más lo que sentían o pensaban sus hijos. Antes, cuando era ama de casa, pensaba que su obligación era tener su ropa limpia, cambiarles, darles de comer, bañarlos, sacarlos a pasear y que todo eso era suficiente. Ahora sabía que no.

—Mi amigo me pega —comenzó Pablo.

—¿Quién?

—Mi amigo del colegio.

—¿Por qué? —le preguntó ella mientras se quitaba la chaqueta del traje para colgarlo.

—Porque dice que mis zapatillas son feas.

—¿Feas? Pues a mí me parece que son bonitas. ¿A ti que te parece?

—Lo mismo.

—Entonces no le hagas caso.

—Hoy ha venido el abuelo a recogerme y me estaba pegando.

—¿Y qué ha pasado? —volvió a preguntar ella mientras se quitaba la falda y se ponía el pantalón y la camisa del pijama cobre nacarado.

—El abuelo le ha preguntado que por qué me pegaba y su madre ha dicho que no le haga caso, que lo que le pasa es que le gustan mucho mis zapatillas.

—Bueno, hijo, entonces eso no es más que envidia.

—¿Y eso qué es mamá? —preguntó María.

Clara suspiró mientras sacaba la bata de franela del armario.

—Eso es cuando alguien quiere lo que tú tienes y no puede tener algo igual. No te preocupes, hijo, supongo que se le pasará.

—¿Y si no se le pasa?

Ella lo miró a los ojos y le acarició el pelo.

—Si no se le pasa, tendrás que jugar con otros amigos. Te aseguro que la envidia duele más que las patadas que él te da a ti.

De momento no le había ayudado mucho. Probó suerte con María.

—¿Y tú, hija, qué tal en el colegio?

María le contó que había hecho un dibujo de su familia y corrió a buscarlo. Eran varios círculos de colores con palos, que correspondían al cuerpo y a las cabezas. Ella era el palo más pequeño, le explicó, luego su hermano y después, el más grande, era su mamá. Su abuelo era también muy grande. Hasta Andrea estaba en el dibujo. Clara lo cogió con cuidado y lo dejó sobre la mesilla de noche, prometiéndole que al día siguiente se lo llevaría a la oficina.

Nora había llegado de mal humor al trabajo. Era raro verla así. Apenas saludó al entrar y durante toda la mañana no levantó la cabeza de la máquina de escribir. Su teléfono sonaba, pero no lo descolgó. Finalmente, su jefe se dirigió a su mesa a decirle algo en un tono de confidencia. Ella apenas lo miró a la cara y continuó tecleando. Él se ajustó la corbata y volvió a su despacho.

Cuando llegó la hora de comer, Clara no se atrevió a levantarse hasta ver qué pasaba. Las demás también esperaban a que Nora diese la orden para ir a la cafetería. Finalmente, dejó de escribir, se levantó de la silla y dijo: «¿vamos a comer o no?» Todas dejaron lo que estaban haciendo y cogieron sus bolsos.

Se sentaron en silencio, hasta que Nora estalló:

—¿Os lo podéis creer? —preguntó sin haber probado la comida—. Han ascendido al cerdo de Román.

—Era predecible —dijo una.

—¿Predecible? ¿Predecible dices? Llevo aquí cinco años más que él. Soy licenciada. He trabajado para mi jefe diez años como administrativa, secretaria, mando intermedio e incluso como jefa cuando él no ha estado. Me conozco perfectamente el departamento y, ¿a quién ascienden? A Román.

—Yo no digo que no estés mejor preparada, Nora, pero ya sabes.

—¿Que ya sé? Claro que lo sé. Estoy harta. ¿Es a esto a todo lo que puedo aspirar como mujer? ¿A ser ayudante de Román? ¿A hacerle su trabajo para él que se lleve los honores?

—¿Qué te ha dicho tu jefe?

—Que lo comprenda. Eso es todo. Yo tengo que comprender que soy mujer.

—Cerdos.

—Son unos canallas.

—Los odio —dijo Nora—, os lo juro, cada día más. Qué lástima que no podamos hacerlos desaparecer, porque no se salvaría ni uno.

En ese momento miraron a Clara, que jugueteaba con el tenedor en su plato.

—Lara, no lo decía por José, ya lo sabes, ¿verdad?

Por supuesto no pensaba que el comentario estuviera dirigido a José, pero le extrañaba que un ascenso laboral significase para todas un complot masculino. Era como si los hombres estuviesen relegando a las mujeres a conciencia y luego se reunieran en privado para jactarse de ello. Clara no acababa de ponerse en el lugar de Nora. Estaba allí gracias a su marido y a aquel señor tan amable que solo había visto una vez. Se sentía agradecida y, si le hubieran dado su propio ascenso a un hombre, no sentiría por ello que había que eliminarlos a todos de la tierra. Además, a ella le gustaba la compañía masculina y a las mujeres que ella conocía también. Pero no lo dijo.

Buscó a Inés en la calle. Había telefoneado al trabajo diciéndole que necesitaba verla, que no podía esperar. Preocupada, pidió permiso para salir más temprano. Hacía frío y empezaba a oscurecer. Daba patadas en el suelo alternando los pies, al tiempo que introducía el puño cerrado dentro de la otra mano y soplaba aire caliente a través de los guantes.

Por fin apareció con un abrigo de piel gris sin abrochar que se abría a cada paso, como dos puertas abatibles, enseñando el traje rosa pálido de debajo. El pelo rubio le ondeaba brillante sobre los hombros. La gente se volvía para mirarla. Caminaba más erguida que nunca. Sonreía, para sorpresa de Clara, con su casi olvidada sonrisa de presentadora de televisión.

—¿Cómo estás? —le preguntó al llegar a su altura.

—Pensé que te ocurría algo.

—No pienso contártelo aquí. Vamos.

La cogió del brazo y, mientras caminaban, le habló de lo feliz que le hacía la Navidad.

En la mesa de la pequeña pastelería, las tazas humeaban advirtiéndoles de la temperatura del chocolate. Inés había pedido también dos trozos de tarta.

—Hay que celebrarlo —dijo.

—¿Piensas contarme qué hay que celebrar?

—Me voy a vivir con él.

–¿Con quién?

–¿Con quién va a ser? Ha dejado a su mujer. Se divorcian.

–¿De veras?

–Me ha dicho que nos mudamos antes de Nochevieja a un piso en el centro. La Nochebuena quiere pasarla en familia, ya sabes, por los hijos.

Era asombroso que un hombre, después de tantos años de relación adúltera, acabara separándose de su mujer en Navidad.

–¿No vas a decir nada? –le preguntó Inés mientras cogía un trozo de tarta y lo mojaba en la taza de chocolate.

–¿Qué puedo decir?

–Lo que estás pensando –insistió Inés con los dientes marrones.

Clara se quedó callada y acabó diciendo:

–¿Qué hay del melocotón con piel de plátano?

–Vamos, no seas aguafiestas. Por fin voy a dejar de estar sola. Y si he venido a contártelo tan pronto como me lo ha dicho, es porque quiero compartir mi alegría contigo.

Clara se quedó mirándola. Sonreía de una manera diferente. Ella había visto muchas sonrisas: de condescendencia, de gratitud, de timidez, de negación temerosa, de escudo de un pensamiento contrario, de final de conversación; pero esta era distinta, esta era una sonrisa de felicidad.

–Si es lo que quieres –dijo cogiendo también un pedazo de tarta–, me alegro por ti, de veras.

Lo mojó en el chocolate, saboreando el dulzor de su boca y el de la situación. Inés estaba feliz y ella no era quien para estropeárselo.

Salieron juntas del brazo, camino de casa.

Inés le contó que reformaría el piso a su gusto. Quería que él estuviera orgulloso de su mujer. Cuando estuviesen instalados, le comentó, la invitaría a merendar con sus hijos. También esperaba poder hacerlo para que ella fuera con un acompañante, dijo con un guiño. Clara sonrió también, imaginándose en su casa con Aurelio sentado al lado de su jefe.

La clase ya había comenzado cuando entró en la academia. Era un aula grande, con mesas de madera blanca contrachapada. Olía a tinta. Alrededor de treinta mujeres y algún hombre tecleaban las máquinas Olivetti de hierro negro produciendo un ruido ensordecedor. La profesora, sentada al fondo, en la única mesa robusta con color madera de toda la sala, se levantó y se acercó a ella. Le preguntó a gritos su nombre y ella le contestó, tal y como había aprendido en la sala de baile, juntando un poco la cara a su oído. «De todas las situaciones se aprende», pensó. La profesora le entregó el libro y la llevó hasta su sitio. A un lado, una mujer con la lengua en la comisura de los labios se afanaba en escribir lo que leía. Al otro, un hombre con traje de chaqueta y corbata, completamente erguido, desplazaba sin dificultad todos sus dedos por las teclas. Ninguno de los dos levantaron los ojos mientras ella se sentaba en medio. Abrió el libro: «aaa sss ddd». La profesora observó el trabajo del hombre y le indicó que podía realizar el siguiente ejercicio. Clara comenzó a escribir.

«Descanso», se oyó después de un rato. El ruido se detuvo dejando en el aire el golpe seco de alguna que otra tecla.

Mientras salían juntas al pasillo, la señora de su lado le comentó que trabajaba en una empresa textil, que había ascendido de costurera a encargada y de encargada a administrativo. Como no sabía escribir a máquina, aún no era secretaria. Después de unos minutos de silencio, le preguntó si ella trabajaba. Clara asintió.

—¿En una oficina?

—Sí.

—¿Eres secretaria o administrativa?

—Auxiliar administrativa.

—¿Quieres ascender?

—No.

—¿Por qué te has apuntado al curso entonces?

—Porque no sé escribir a máquina.

—¿No trabajas con una?

—Sí, pero solo escribo con dos dedos, no de manera eficiente.

—¿Y para qué quieres ser eficiente si no quieres ascender?

Cuando iba a contestar, avisaron del fin del descanso.

Clara se decidió a llegar con tiempo al día siguiente y ocupar otro lugar. No estaba dispuesta a ser interrogada de nuevo. Al fin y al cabo (últimamente quizás no tanto) a ella no le gustaba hablar de sus cosas.

En la calle se ajustó el abrigo mientras veía a las jóvenes besar a sus novios que esperaban a la salida. «Los hombres salen rápidos para cenar con sus mujeres», pensó con una punzada de tristeza.

Cuando iba hacia la parada del autobús, le sorprendió escuchar la voz de Aurelio. No pudo evitar alegrarse y correr hacia su coche.

—¿Qué haces aquí?

—He venido a buscarte para llevarte a casa.

—¿Tan tarde? ¿Por qué? ¿Y tu mujer?

—Ha salido. Dijo que tenía una reunión de trabajo. Recordé que hoy comenzabas tu curso. Espero que no te moleste que me haya presentado así, sin avisar.

El hombre de chaqueta y corbata que se había sentado junto a ella los saludó al pasar.

—¿No tienes demasiada actividad? —le preguntó Aurelio de repente.

—¿Demasiada actividad?

—Yo podría regalarte una máquina de escribir para que aprendieras en casa.

—Te lo agradezco, pero no. No puedo aceptarlo.

Cuando llegaron a su casa, Aurelio detuvo el coche frente al portal.

—Gracias por convencer a tu padre. No sé lo que le dijiste, pero gracias.

—No tienes por qué dármelas. —Él cogió sus manos entre las suyas—. Cualquier cosa que necesites, ya lo sabes, aquí me tienes.

Él le sostuvo la mirada, hasta que ella la bajó a su falda, y retiró sus manos.

—Quiero verte más a menudo —dijo él.

—Últimamente nos vemos muy a menudo.

—Para mí no es suficiente. Quiero verte todos los días.

—Vamos, Aurelio, sabes que no puedes.

—Pero, ¿y si pudiera?

—Pero sabes que no puedes.

—¿Y si pudiera?

—¿De qué te sirve mi respuesta?

Clara no pretendía ser tajante y deseó no haberlo sido.

—Perdóname —dijo él.

—¿Por qué?

—Por obligarte a decir lo que no quieres.

—Al contrario, nunca he sido más libre de decir lo que quiero.

—Yo te quiero, Clara.

—No creo que ahora sea el momento —dijo ella incómoda.

Él pareció no haberla oído. Le cogió de nuevo las manos entre las suyas. Ella las tenía muy frías y al contacto con el calor de las suyas, sintió un cosquilleo hasta la mitad del brazo. No sabía qué hacer; sintió que sus manos entraban en calor y el cosquilleo, lejos de ceder, subió hacia el hombro, el cuello, el pecho, para acabar en las mejillas. Se avergonzó al pensar que podía haberse ruborizado. Le sonrió y abrió la puerta del coche.

—Hasta mañana —dijo antes de salir.

Le temblaban las manos cuando abrió la puerta del portal.

# XIV

—¿Clara? —repitió su madre al otro lado del teléfono.

Ella siguió sin contestar. No lo hacía a propósito. Estaba perpleja.

—¿Acaso no oyes? ¿Qué es eso de que no vas a venir a cenar?

—No. No vamos a ir.

—¿Y esa tontería?

—Voy a cenar con los niños en casa.

—Ya me imagino. ¿Qué vais a hacer ahí los tres solos?

—Lo mismo que en Nochebuena. Lo tengo todo preparado, son las seis.

—¿Y qué si son las seis?

—Ya he dicho que no.

—Ya estamos otra vez. ¿Qué quieres? A ver, ¿qué te hemos hecho?

—No, no me habéis hecho nada —pensó, «nada de nada»—, solo quiero quedarme en casa con mi familia.

—¿Acaso nosotros no somos tu familia?

Se quedó callada; ya había intentado hablar con ella del tema en una ocasión. Desde luego, hoy no le apetecía volverlo a intentar.

—Vamos, te estoy hablando. Contesta.

—Supongo que sí, pero estas Navidades las pasaremos en casa.

—Supongo... —dijo su madre suspirando—. Tu hermano quiere hablarte. Llegó ayer, como todos los años. ¿Acaso no quieres verle?

Hubo un silencio y se oyó a la mujer decir «anda, habla tú con ella». Si su suegro no se hubiera ido a casa de Aurelio, tendría una excusa más firme. Al fin y al cabo, pensó, había pasado sola los peores momentos de la enfermedad de su marido y ahora seguía sola. ¿Por qué tenía que ir a cenar con ellos? ¿Por qué la gente se empeñaba en mantener esa hipócrita tradición?

—Clara, soy Martín —dijo una voz cascada por el tabaco.

Ya no era el de antes, pensó, aquel joven con fuerza. Ahora estaba abatido viviendo en un pequeño piso de otra ciudad, con los ingresos reducidos por la pensión que pasaba a sus hijos. Debía haber sufrido mucho cuando su mujer lo dejó, aunque nunca había dicho ni una palabra más que las estrictamente necesarias para explicar su situación. Estaba claro que, en aquella familia, nadie hablaba.

—Hola Martín, ¿cómo estás? —le preguntó ella conociendo la respuesta.

—Bien.

No se había equivocado.

—¿Por qué no vienes a cenar?

—No me apetece. Ya dije que no iría. Tengo todo preparado y he decidido hacerlo aquí.

—Vamos, Clara, ¿cómo vas a quedarte sola con los niños?

—Allí somos muchos.

—Clara —Martín bajó la voz—, ¿acaso crees que a mí me gusta seguir esta farsa? Pero es mejor que quedarme en casa viendo la televisión. Es una noche. ¿No aguantas a tus compañeros, a tus vecinos, a tus jefes? Igual se puede aguantar a la familia una vez al año.

Ella se rió. Por fin un poco de sinceridad. Él también se rió.

—¿Os paso a buscar? Estaré ahí en cinco minutos.

Miró a Pablo, que no se había despegado de su lado durante toda la conversación. María también estaba esperando.

—Está bien.

Su hijo saltó con los puños en alto y emitió un grito de alegría. María no entendía lo que pasaba, pero imitó a su hermano.

Nada había cambiado. Los hombres estaban sentados a la mesa, que ya estaba puesta, hablando de política. Olía a cordero, a perfume barato de hombre y a tabaco. Cuando entraron, todos se levantaron a darle un beso. Esta vez notó el tacto de los labios en sus mejillas. «¿Cómo estás?» le preguntaban de vez en cuando con miedo. Miedo por si acaso se le ocurría contárselo y aguarles la fiesta. Ella les respondió con el habitual «bien», notando como entonces se relajaban. Se quitó el abrigo. Martín fue a colgárselo al perchero de la entrada. Pablo y María corrieron emocionados a la salita a besar a sus primos; se sentaron frente al televisor con ellos.

Clara entró en la cocina. Los cristales de la ventana sudaban. Su madre y sus hermanas también. Había tres cacerolas en el fuego; las tapaderas, con el vapor, parecían funambulistas intentando guardar el equilibrio. Olía a mejillones, a cordero y a sopa de pescado.

Su madre, como siempre, estaba en el fregadero escurriendo unas hojas de lechuga. Sus hermanas dejaron de hablar cuando ella entró. Jimena le dio dos besos sin contacto, al igual que Maribel y Piedad. Clara caminó frente a ellas hasta donde estaba su madre. Al pasar delante del horno sintió el calor en las piernas. Adela parecía ofendida y apenas giró la cabeza para recibir el segundo beso. Clara se puso un delantal, ofreciéndose a ayudar. Le dijeron que ya estaba todo hecho, pero que podía preparar las ensaladas si quería. También le dijeron que estaba muy elegante, demasiado para una cena familiar. Después salieron las tres de la cocina, dejándola a solas con su madre, que le pasó las hojas de lechuga antes de salir también de la cocina. Más tarde, Jimena volvió para cortar el pan.

Cuando estuvo todo listo, fueron a sentarse a la mesa. Entonces Clara se dio cuenta de que, en efecto, nada había cambiado. Más allá de que su madre ya no se tiñese el pelo, probablemente por asunción de la vejez o por los celos infundados de su padre, ahora más insensatos que nunca; más allá incluso de las aparentes buenas relaciones entre hermanos y hermanas, se podía respirar aún la falta de comunicación y, en consecuencia, de amor que había en aquella casa.

Sus hermanas se sentaron junto a sus maridos, como queriéndose aferrar al único ser del que podían recibir afecto. Martín se sentó al lado de su padre y de su madre. Clara necesitaba también a alguien cerca de ella.

—¿Os apetece cenar en la mesa de los mayores? —les preguntó a sus hijos en la salita.

María contestó que no con la cabeza. Estaba viendo embelesada la coreografía de un baile en la televisión. Pablo, sin embargo, la miró ilusionado.

—¿Con los mayores, mamá?

—Sí, hijo, con los mayores.

Clara cogió su plato y su cubierto y los llevó al salón, a su lado.

Jimena, Maribel y Piedad miraron a Pablo. Los maridos también.

—¿No prefieres sentarte allí, con los primos? —le dijo uno de ellos.

Pablo se quedó mudo, esperando a que Clara contestase por él. Pero no lo hizo.

—No, prefiero cenar aquí, con mi madre.

Sus tías se lanzaron miradas sin palabras.

—El año que viene los chicos comerán aquí; ya se han hecho mayores para que estén frente a la televisión —dijo Piedad.

—Desde luego —confirmaron Maribel y Jimena.

«El año que viene —pensó Clara— cenaré en mi casa, con mi familia».

Esa noche, la primera del nuevo año, observó la calle a través de la ventana de su habitación. Todos dormían. Las farolas dejaban entre unas y otras huecos de oscuridad. Los árboles se balanceaban por una brisa lenta. Un gato cruzó rápido la carretera. Después, todo volvió a calmarse. No pasaban coches. Tampoco personas. Le gustaba la noche, la tranquilidad. De día siempre había ruido. Eduardo le había dicho que el cielo estaba de nieve. Lo miró. Estaba especialmente claro, como una sábana blanca ondulada. Tocó el cristal de la ventana. Estaba frío. Abrió y respiró el aire congelado. Un perro ladró a lo lejos. Los coches de la avenida se escuchaban como si fuesen olas distantes en el mar. Una vez se lo había comentado a José. Él se había reído de la ocurrencia. Le había dicho que nadie compararía el ruido de los coches con el del mar; que aquello significaba que se había convertido en una mujer de ciudad. De repente añoró tenerlo a su lado. Miró la cama vacía y después volvió a mirar a través de la ventana. Pensó que el año siguiente podría ir a veranear con sus hijos a la playa. Nunca lo habían hecho. De esa manera podría echar sus cenizas al mar. Se dio cuenta de que era la primera vez que iba a encargarse de organizar las vacaciones. Cuando él vivía, ella únicamente se ocupaba de ejecutar: hacía las maletas, compraba lo necesario, preparaba la comida para el viaje y, cuando se sentaba en el coche para marcharse, ya estaba cansada de las vacaciones. Esta vez se ocuparía de alquilar un apartamento. De repente se puso a nevar. Extendió la mano y tocó un pequeño copo que se deshizo rápido entre sus dedos. Dejó extendida la mano hasta que el frío la amorató. Cerró la ventana y se la calentó sobre el radiador, sin perder de vista la calle. Encima de las farolas, los copos no conseguían acumularse, emitiendo un humo blanco al fundirse con el calor de las luces. Clara sabía que la nieve acabaría cubriéndolo todo, que era cuestión de tiempo. «Sin embargo —se dijo—, mañana el sol, los tubos de escape y las pisadas de la gente derretirán la nieve».

El teléfono sonó sobresaltándola.

—¿Te he despertado? —le dijo Aurelio entre susurros.

—¿Aurelio? Es muy tarde.

—Perdóname, solo quería desearte un feliz año nuevo.

—Feliz año nuevo a ti también.

—He pedido un deseo con las uvas. Espero que se cumpla.

Clara se durmió tranquila.

—¿Qué estás leyendo ahora? —le preguntó Nora al día siguiente en la mesa de la cafetería laboral.

Ella le enseñó el libro. Desde que comenzó a leer, había terminado tres novelas de la colección de José. Ahora se había decidido a comprar uno de ortografía y otro de inglés para principiantes.

—Vaya, te ha dado por los clásicos —dijo una del grupo—. Por cierto, hablando de clásicos, ¿os habéis fijado en los trajes de la nueva? Parecen sacados de una película de época, ¿verdad?

—Pero, ¿qué vas a esperar de una mujer que ha sido ama de casa? —añadió otra.

Hubo un silencio, después toses y por último alguien comentó:

—Lara, perdona, no lo decíamos por ti.

—Así que mañana a estas horas comienzas tus clases de inglés —Nora reanudó la conversación con una sonrisa.

—Sí —dijo ella devolviéndosela.

Nora estaba relajada. El ascenso de Román había sido discreto. Tanto, que ni siquiera se le veía por la planta como al resto de los jefes. De vez en cuando se acercaba a la mesa de Nora con una tímida sonrisa y le decía lo favorecida que estaba con la ropa que llevaba puesta. Ella, seria, le daba las gracias y seguía trabajando.

—También le vendría bien el curso a Román —dijo Nora—, tengo entendido que no sabe decir ni una sola palabra.

Todas se rieron.

—Creo que está en mi clase —dijo Clara.

—¿De veras? —preguntó sorprendida Nora.

—No te preocupes —mencionó una—, para aprender inglés, se necesita algo más que un curso para principiantes.

Todas se rieron.

—Perdona, Lara, no lo decíamos por ti —comentó otra.

Clara no pensaba que estuviesen diciéndolo por ella y dijo:

—El aprendizaje, en mi opinión, es como una montaña por la que hay que subir despacio. Y yo no tengo prisa.

Hubo un silencio.

—¿Y por qué quieres aprender inglés? —le preguntó una.

—Porque no sé inglés, porque el curso es gratuito y porque es en horario laboral.

Nadie volvió a hablar. Siguieron comiendo.

En la estación del tren, Eduardo se dirigió a la taquilla a comprar el billete para Barcelona mientras Clara, María y Pablo lo esperaban en un banco con las maletas. «Necesito un ascensor», le había dicho Eduardo la víspera del viaje con una leve sonrisa. Clara lo observó. Había perdido toda la fuerza de aquel primer día que había entrado en su casa. El pelo blanco y las arrugas de la cara le habían suavizado, al igual que la curvatura de la espalda y el bastón que nunca se separaba de él. María y Pablo estaban tristes. Clara sintió que, después de todo, ella también lo estaba.

No había muchos viajeros en la estación, quizás porque era un día laborable. Clara había pedido permiso en el trabajo. Aurelio no había podido hacerlo. Se despidió de su padre en Nochevieja, cuando habían decidido que lo mejor era que él se marchase a casa de su otro hijo. Clara no creía que fuese lo mejor, pero entendía que no podía pasar todo el día encerrado en el piso.

Eduardo caminó hacia ellos con dificultad. Pablo corrió a ayudarlo cogiéndolo del brazo. Él sonrió, acariciándole el pelo con la mano que sostenía el bastón. María también fue a su lado. Los altavoces anunciaron la salida del tren a Barcelona en diez minutos. Clara cogió las maletas, cada una con una mano, y se dirigió hacia el andén. Olía a la grasa de los raíles.

—¿Vendrás a vernos abuelito? —oyó preguntar a María detrás de ella.

—Claro que sí. Barcelona está aquí al lado.

—Eso no es verdad —protestó Pablo—. Está muy lejos.

Clara le dio las maletas al revisor que amablemente se ofreció a colocarlas en el portaequipajes. Eduardo no quería sentarse hasta que ellos se bajaran del tren. María le dio un abrazo en las piernas.

—No te vayas abuelito —le dijo.

Eduardo le acarició la cabeza con lágrimas contenidas. Pablo también lo abrazó. Él se inclinó hacia adelante para darle un beso. Sonó un silbato.

—Hijos, tenemos que bajar ya —dijo Clara.

Los niños se separaron de su abuelo y caminaron por el pasillo hacia la puerta. Clara se quedó frente a él, que seguía con la mirada a sus nietos.

–Eduardo, quiero que sepa que a pesar de todo lo que ha pasado, yo...

Él cogió su mano e hizo un leve gesto de negación con la cabeza, al tiempo que se metía la otra mano en el bolsillo de la chaqueta y sacaba una cartilla de banco.

–Esto está a tu nombre. Es para mis nietos.

Eduardo volvió a hacer el gesto de negación con la cabeza cuando ella intentó rechazarla, mientras le metía la cartilla en el bolsillo del abrigo.

–Yo también lo siento –dijo él.

Durante el trayecto a casa todos permanecieron en silencio. Al llegar, los niños bajaron al parque con Andrea. Clara se quedó en casa, sola, en el salón. Ya no se oía la radio. Se le hacía extraño tanto silencio a pleno día. Se quitó el abrigo y oyó como la cartilla del banco caía al suelo. Se agachó para recogerla. Dentro había una nota que decía que aquellos eran los ahorros de toda una vida y que quería que María y Pablo fueran los únicos herederos. «Adminístralos como mejor te parezca, sé que lo harás bien». Clara estaba asombrada; se preguntó cómo habría podido ahorrar tanto dinero. Guardó la cartilla en un cajón de su cómoda. Cogió los libros de inglés y empezó a estudiar.

Aurelio la esperaba en la acera de enfrente, junto a los novios de las otras chicas, a la salida de clase. Se había convertido en una costumbre tras la marcha de su suegro. A ella no le apetecía volver sola en el autobús y se alegraba de verlo allí, con su abrigo tres cuartos azul marino y los brazos cruzados. A las preguntas respecto a su esposa, Aurelio le respondía que últimamente pasaba más tiempo con sus amigas o trabajando que con él.

—¿Qué tal tus pulsaciones? —le preguntó acercándose sonriente.

—¿Las cardíacas o las digitales? —dijo Clara.

Aurelio se rió a carcajadas, atrayéndola con el brazo hacia sí. Ella se rió también, dejándose abrazar.

Cuando llegaron a casa, Aurelio apagó el motor del coche.

—Tengo que irme.

—Espera, tengo algo para ti —le dijo él metiendo su mano en el bolsillo.

Sacó una pequeña caja blanca.

—Tienes que dejar de hacerme regalos.

—Vamos, ábrelo. Ha sido Navidad.

La luz se reflejó en una gran piedra azul noche.

—No puedo aceptarlo.

—Es un zafiro.

—No lo necesito.

—Nadie necesita un zafiro, Clara.

Ella se quedó mirándolo. Es demasiado bonito, pensó. Él lo sacó de la caja y se lo puso.

—Lo he comprado para ti. No puedes rechazarlo.

Ella suspiró y cerró los ojos; sintió entonces el perfume de Aurelio muy cerca. Abrió los ojos. La luz del coche se había apagado. El vaho cubría los cristales de las ventanillas, haciendo resbalar algunas gotas. Notó el calor del ambiente y la respiración de su cuñado, que tenía la cara a escasos centímetros de la suya. Él había cerrado los ojos y tenía los labios juntos, hacia fuera. De repente a ella le apeteció besarlo. Quiso cogerle la cara entre sus manos y juntar sus labios a los de él. Acariciarle el pelo y comprobar su tacto. Quería abrazarlo y sentir en su pecho el suyo. Miró hacia la calle a través los regueros que habían dejado las gotas. Estaba oscura y desierta.

–Tengo que irme –dijo sin embargo–. Es tarde y Andrea está esperándome para marcharse.

La detuvo con un suave gesto de su mano sobre los hombros. Clara notó la fina piel de sus labios en contacto con los suyos. La humedad. Su lengua intentando abrirse paso. Ella cerró los labios. Él insistió. Juntaron sus lenguas y el corazón le comenzó a latir rápido. Después sintió sus besos en la cara, los párpados.

–Debería irme –susurró Clara.

Se despidió de él desde el portal. Subió las escaleras de dos en dos. Antes de entrar en casa, miró el anillo. «No tengo que dar explicaciones a nadie», pensó, y se lo dejó puesto.

Román le preguntó si podía sentarse junto a ella en la clase de inglés. Había llegado tarde. Clara asintió con la cabeza, mientras copiaba las frases de la pizarra portátil de la profesora. «Bonito anillo». Ella se miró el zafiro. La profesora preguntó de repente si alguien sabía decir en inglés «¿cómo estás?» Unos bajaron los ojos hasta la mesa, otros los subieron al techo, hasta que ella le preguntó directamente a Clara: «How are you?» Después, la profesora siguió explicando. Román le susurró un «fine». Ella lo miró y vio que estaba sonriendo. Le sonrió también.

Desde entonces, cuando se cruzaban en la oficina, él le preguntaba: «how are you?», a lo que ella respondía: «fine».

Una mañana, desayunando en la cafetería, alguien preguntó:

—¿Se aprende algo más que «how are you?» en esas clases?

Todas se rieron.

—Es broma, Lara. Lo decíamos por Román, no por ti —dijo Nora.

Pensó que siempre se disculpaban por sus temas de conversación con ella, como si fuese la única diferente, la única a la que podían ofender. ¿Acaso la creían tan diferente? Ella sabía que no tenía ni sus estudios, ni su puesto de trabajo, ni siquiera su ropa cara, pero no creía ser menos mujer por eso.

Después comenzaron a discutir sobre la juventud. Clara no estaba de acuerdo con ellas y, aunque no le hacían partícipe de la conversación, dijo:

—Los jóvenes son así. Quiero decir, que todas hemos sido jóvenes y hemos actuado por corazonadas o por impulsos.

—Yo no. Yo siempre he reflexionado cada paso que doy —le dijo Nora muy seria.

—¿De veras? —se extrañó Clara—. Yo, sin embargo, he tomado todas las decisiones más importantes de mi vida sin pensar.

—¿Por qué dices eso?

—Porque es cierto.

—No te creo, Lara; pareces una mujer sensata.

—¿Y quién dice que no lo sea? Si me conocieseis, seguro que seguiríais sorprendiéndoos. Por cierto, mi nombre es Clara, no Lara.

Todas se quedaron mirándola, en silencio, hasta que alguien dijo que la comida estaba muy buena. Ella pensó que, aunque no le gustase hablar de sus cosas, en ocasiones era necesario hacerlo.

# XV

En casa de Inés hacía frío. «Demasiado grande para dos personas» pensó Clara. Aún así, se notaba que su amiga se había esforzado porque la casa fuese acogedora. En la mesa del salón había tortitas, nata montada casera, batidos de chocolate, fresa y un pastel recién hecho que inundaba la casa con aroma a vainilla. Vestida con un delantal blanco, Inés colocaba minuciosamente los platos, mientras Pablo y María se decidían por los dulces.

Momentos antes, en el rellano, no sabía a cuál de las dos puertas de la casa llamar. Inés les abrió por la principal; la otra era la del servicio, dijo, y aún no se usaba.

En el pasillo había una pequeña ventana que iluminaba el único cuadro de la pared de enfrente: un retrato oscuro. «El abuelo de mi marido —les dijo Inés al detenerse frente a él—, antiguo presidente de la empresa». Era un hombre de pelo cano. Tenía una expresión híbrida entre el enfado y la solemnidad, pensó Clara. Los cuatro permanecieron observándolo en silencio, como en un pequeño museo, hasta que los condujo al salón.

Insistió en que debían comérselo todo. Clara creyó que se había tomado demasiadas molestias. Inés le mostró un cuadro de punto de cruz, casi terminado, que estaba haciendo. Un pavo real con plumas de todos los colores, rodeado de hierba de, al menos, cinco tonos diferentes. Clara lo admiró. «No es para tanto —contestó su amiga—, si apenas le dedico tiempo». Era indudable, sin embargo, que allí había muchas horas de trabajo minucioso.

Hablaron de la casa, de como la había decorado, de su nueva afición por la costura, del libro de recetas que estaba usando, de los vecinos, del tiempo y después se les acabaron los temas de conversación.

Inés miró su reloj. Parecía inquieta.

–Tiene que estar a punto de llegar; ha salido a firmar unos documentos. ¿Quieres más batido?

Clara negó con la cabeza. Le preguntó por su trabajo. Le contó anécdotas de la oficina y de los cursos. Su amiga se asombró de que hubiera decidido a estudiar inglés. Se levantó a servirles más tortitas a los niños. Volvió a sentarse. Miró el reloj. Clara también.

–Tenemos que irnos ya –le dijo–, se hace tarde.

–Por favor, no os vayáis todavía. Está al llegar.

Fue a la cocina.

–Acostumbrada a vivir sola –dijo cuando regresó–, siempre se me olvidan las servilletas o los posavasos. Mi marido me lo recuerda continuamente. Tiene mucha paciencia conmigo.

Clara le sonrió. Los niños dijeron que no podían comer más. Inés insistió en que se quedasen.

–Lo siento, debemos irnos.

Se encogió de hombros y volvió a mirar su reloj.

–Me gusta esta casa –dijo María dentro del ascensor de hierro–. De mayor, yo también quiero casarme con un presidente.

–¿No prefieres ser tú la presidenta? –le preguntó ella.

Román la telefoneó por la mañana para que fuese a su despacho. Extrañada, Clara subió en el ascensor. Él estaba de pie, con una sonrisa. Le ofreció la silla que había frente a su mesa, mientras se frotaba las manos. Ella se sentó. Él hizo lo mismo. Antes de hablar, se arregló el nudo de la corbata marrón. Carraspeó.

—Quisiera pedirte un favor —tosió—. Me gustaría que, si puedes, mecanografiaras un documento que tengo que presentar esta tarde. He consultado a Ramírez antes de pedírtelo. Me ha dicho que por él no había problema. Seguramente te preguntarás por qué te lo mando a ti siendo Nora mi secretaria —le dijo mientras buscaba los folios manuscritos y los ponía sobre su mesa.

Clara no contestó. No lo había pensado.

—Sé que los administrativos no tenéis por qué hacer estos trabajos, pero..., bueno..., Nora y yo tenemos algunas diferencias y...

—...en un par de horas lo tendré terminado.

—¿Podrías subirlo a mi despacho cuando lo tengas?

Ella asintió.

Nora y las demás esperaban para ir a desayunar. Les dijo que fuesen sin ella, que tenía trabajo pendiente. Tenía que terminar temprano; por la tarde había una reunión en el colegio de María.

Los padres ya estaban sentados en las pequeñas sillas de colores de la clase cuando ella llegó. La profesora se apoyaba sobre su mesa. Clara no conocía a nadie, de manera que se sentó sola en una diminuta silla rosa chicle. Había ido directamente desde la oficina y llevaba falda; en las piernas, unas medias de cristal negras. Si hubiera sabido que tenían que sentarse en aquellas sillas, pensó, habría llevado pantalones. Las rodillas le quedaron a la altura del pecho. Se abrazó la falda contra los muslos, pasando las manos por debajo, agarrándose de las muñecas. Algunos maridos entraban cogidos de la mano de sus mujeres. Otros las llevaban del brazo. Se fijó en que era la única madre que estaba sola.

La profesora comenzó a hablar sobre la importancia de la educación de los alumnos en casa y la necesidad de reforzar su aprendizaje. Clara pensó que era la primera vez que iba al colegio a una reunión de padres. Antes, de eso siempre se ocupaba José. De repente sintió que alguien estaba observándola. Clara le devolvió la mirada y la mujer dejó de hacerlo. Se concentró de nuevo en el discurso de la profesora hasta que sintió otra mirada. Giró la cabeza, encontrándose con los ojos de otra mujer. La señora cogió del brazo a su marido y dejó de mirarla. De nuevo notó otra mirada. Al volverse, vio a un hombre que recibió un codazo de su mujer. Entonces dejó de mirarla y se quedó estático, sin pestañear siquiera, escuchando a la profesora.

«¿Y si Aurelio estuviera aquí conmigo?», se le ocurrió de repente a Clara. «Probablemente las mujeres me habrían saludado y los hombres habrían hablado con Aurelio. Algún matrimonio se habría sentado a nuestro lado. Después, seguro que se quedarían hablando con nosotros y me preguntarían por el nombre de mi hija». Qué diferente era la vida sin pareja.

Se puso a observar los dibujos de las paredes. Buscó la firma de María en ellos. Un oso negro y una jirafa naranja con manchas marrones llevaban su nombre. Sonrió. Seguro que a ella le haría ilusión saber que su madre había estado en la clase. «¿Qué estarán haciendo ahora?», se preguntó imaginándoselos con Andrea.

«Un trabajo perfecto», le dijo Román sonriente en el despacho. Ella le sonrió también. Él quiso que tomase asiento, pero ella se negó. Tenía que terminar un documento urgente. Él fue hasta su mesa y abrió un cajón. Sacó unos papeles alargados.

—Son entradas para la ópera —le dijo. Ella lo miró en silencio.

—¿Has ido alguna vez?

Ella negó con la cabeza. La ópera. Jamás había ido a la ópera.

—Las tengo desde hace meses. Pensé que quizás querrías ir. Son para el sábado por la tarde.

—Gracias, pero un sábado es complicado para mí. Tengo dos hijos pequeños.

—¿No puedes dejarlos al cuidado de alguien?

Clara pensó en Andrea. Seguro que podía trabajar un día del fin de semana.

—No lo pienses más, te va a gustar —insistió él.

Ella acabó por aceptarlas y guardárselas en el bolsillo. Le dio las gracias. Román se quedó mirándola en silencio. Ella se despidió pensando en quién podría acompañarla. Cerró la puerta del despacho.

Aurelio estaba de mal humor. Nunca le había visto así. Desde luego ese no era el día para enseñarle aquellas entradas. Él insistía en que su matrimonio no tenía sentido. «Apenas nos vemos», le dijo. Ella miraba la calle a través de los cristales del café. La plaza estaba llena de transeúntes. Hacía sol a pesar del frío, un sol anaranjado, un tanto tristón. Empezaba a oscurecer. Clara no había ido al curso de mecanografía; Aurelio necesitaba hablar con ella.

—¿Me has oído? —le preguntó él.

—Sí.

—¿Y no dices nada?

—¿Qué quieres que te diga?

—Algo.

—No sé qué decirte.

—Hoy no tengo fuerzas para esto.

—¿Para qué?

—Déjalo.

Le observó llevarse la copa de coñac a los labios. Pensó que ya había bebido demasiado pero no se lo dijo. ¿Qué quería que respondiera? Además, tampoco entendía que estuviese enfadado porque apenas se veía con su mujer. Él tampoco pasaba demasiado tiempo en casa. ¿Qué importaba si su mujer salía también? Pero al verlo tan enfadado, no se le ocurría preguntárselo. Ella suspiró. Él sonrió.

—Perdóname, Clara.

—¿Por qué?

—Por cargarte con mis cosas.

—No es ninguna carga.

Aurelio le cogió las manos y la besó en los labios. Ella se quedó inmóvil, sin saber qué hacer ni qué decir. Miró a su alrededor. Nadie los miraba. Había sido demasiado rápido para protestar, para responder, para sentir. La besó de nuevo. Esta vez notó el calor húmedo de sus labios, de su respiración en la cara, el olor de su loción de afeitado, suave por el paso del día, y el del coñac, intenso y reciente. Le subió un calor a través del pecho hasta las mejillas. «Probablemente me he ruborizado», pensó. Aurelio se retiró para decir:

—Te quiero.

Ella se quedó callada. No sabía qué responder. Él mantuvo sus manos acariciando las suyas.

—¿No dices nada?

El camarero se acercó para preguntarles si querían tomar algo más. Aurelio le miró con el ceño fruncido y sacudió la cabeza. El camarero sonrió y se marchó.

Clara le dijo que era tarde, demasiado tarde, y que Andrea estaba esperando para marcharse. Él insistió en quedarse un poco más pero al final tuvo que volver a llamar al camarero para pedirle la cuenta.

De camino a casa, ella le habló del trabajo, del curso de inglés, de sus compañeras, de los niños y de Andrea. Le habló también de Román.

—¿Y quién es ese Román?

—Ya te lo he dicho, el jefe de Nora.

—No entiendo entonces por qué te da trabajo.

—Porque no se llevan bien. Además, no tiene importancia. Ahora tengo muy buenas pulsaciones —dijo ella sonriéndole, intentando recordar su broma pasada.

—Sí, pero no entiendo que tenga que llamarte a ti.

Cuando se volvió para decirle adiós desde el portal, él seguía serio.

Inés llamó por teléfono cuando estaba despidiendo a Andrea en la puerta. Pablo le dio el auricular y un beso en la mejilla.

–¿A qué hueles? –le preguntó. Ella se retiró y le dijo que a nada. Él insistió en que olía raro.

–Hueles a lo que bebe el abuelo en Navidad.

Clara se puso el auricular en el oído mientras se frotaba los labios con el dorso de la mano.

–¿Qué bebe tu suegro en Navidad? –le preguntó Inés riéndose–. Espero que no te estés emborrachando.

–¿Cómo estás Inés?

–Bien. Te llamaba para preguntarte si querías quedar mañana por la tarde.

–No puedo. Tengo que estudiar inglés, nos hacen un examen en dos días.

–¿Y la semana que viene? Podemos quedar para comer.

–A medio día tengo clase de inglés en la oficina, apenas tengo tiempo.

Inés se quedó callada.

–¿Te apetece ir a la ópera? –le preguntó Clara de repente–. Tengo entradas para dentro de dos semanas.

–Hace años que no voy. Me encantaría, pero no sé. A él no le hace gracia que salga yo sola.

–No irás sola, iremos juntas.

Inés guardó silencio, por lo que Clara dedujo que precisamente se refería a ese tipo de soledad.

–Lo siento de veras –le dijo Inés–. Me haría mucha ilusión ir.

–Entonces no lo pienses –insistió Clara–. No necesitas permiso.

Inés volvió a guardar silencio.

–No puedo –dijo finalmente.

—Clara, ¿bajas con nosotras a desayunar? —le preguntó Nora.

Ella le sonrió asintiendo con la cabeza. Una de sus compañeras le comentó que le gustaba mucho como le sentaba el pelo recogido. Clara se lo agradeció.

En la cafetería le hablaron sobre un curso de gimnasia al que se habían apuntado. Decían que la vida sedentaria era insalubre. Clara nunca había hecho ejercicio físico, no más que el necesario para llevar una casa, dos hijos y trabajar. «Sería buena idea —pensó—, ahora que voy a terminar el curso de mecanografía, hacer deporte».

Como había un gimnasio cerca de casa, esa misma tarde, al volver del trabajo, se le ocurrió entrar. Dentro, el aire condensado le obligó a desabrocharse el abrigo. Un hombre corpulento con camiseta blanca de algodón marcándole los pectorales voluminosos la saludó con una sonrisa desde el mostrador de la entrada. Ella le preguntó por los horarios y los precios. Mientras el monitor le buscaba los folletos, ella observó a varios hombres sudorosos pedalear en bicicletas estáticas y a otros, tumbados en unos bancos, levantar pesas. Emitían leves quejidos y resoplidos mientas las pesas estaban arriba. Cuando las dejaban caer, se oía el golpe del metal y el grito que exhalaba toda la fuerza contenida. Luego se levantaban y agitaban los brazos a los lados del cuerpo con vigor, como si quisieran recuperar a golpes la circulación de las manos. Había pocas mujeres. Tenían respiraciones agitadas, caras enrojecidas, pero sin sudor. Con las manos en la nuca, tumbadas en el suelo y las piernas semiflexionadas, levantaban el tronco unos cuarenta y cinco grados. Algunas no podían y tiraban con las manos de la cabeza hacia arriba. Otras hacían ejercicios en unas barras o caminaban en una cinta al ritmo de la música. El monitor volvió con los folletos.

—¿Qué cuerpo quiere usted? —le preguntó mirándole las piernas.

—¿Cómo dice?

—Aquí todo el mundo viene para ser igual que un actor, una actriz o un presentador —contestó él en un tono que a ella le pareció un tanto burlesco.

—No quiero parecerme a nadie. Quiero hacer deporte, eso es todo.

El hombre la miró a la cara y le hizo una mueca que ella no entendió. Podía significar decepción o sorpresa. Le dijo cuales eran las normas higiénicas del local y se marchó.

El señor Ramírez, su jefe, telefoneó para que fuese a su despacho. Clara llamó antes de entrar. Al abrir la puerta, lo vio sentado en su mesa escribiendo a mano en una hoja.

—Pase —le dijo sin levantar la mirada. Ella entró y cerró la puerta.

—Siéntese. —Se había quitado la corbata granate y la había dejado sobre la mesa.

—Ya me ha dicho Román que ha trabajado para él.

—Sí. Pero me comentó que lo había consultado con usted antes de pedírmelo.

—Dice que su trabajo es fantástico —la interrumpió él, mientras seguía escribiendo.

—Solo tuve que mecanografiarle unos documentos.

—Lo cierto es que yo también he notado la mejoría —dijo el hombre por fin levantando la cabeza para mirarla a los ojos.

—Gracias.

—No tiene por qué dármelas. Sinceramente, siempre creí que no tenía aptitudes para este trabajo. Pero, ya ve —se encogió de hombros—, todos nos equivocamos.

Ella no supo si tomárselo como un cumplido o como un insulto, de manera que también se encogió de hombros.

—Estamos pensando seriamente en la posibilidad de ascenderla a secretaria.

No pudo evitar extrañarse.

—¿No dice nada?

—Bueno, la verdad —dijo—, no me lo esperaba.

—Su nuevo jefe será el señor Román.

—¿Román? Pero él ya tiene secretaria.

—Nora también va a ascender.

Le parecían muy buenas noticias. Él le pidió discreción hasta que todos estuviesen enterados.

Salió contenta del despacho y trató de disimularlo hasta el final del día.

Aurelio llamó a casa y al comunicarle su ascenso, él se quedó en silencio. Ella le preguntó si la había oído. Él no contestó pero le dijo que quería verla el sábado por la mañana. Imposible. Les había prometido a sus hijos ir a celebrarlo donde ellos quisieran y habían elegido pasar el día en el Parque de Atracciones.

El sábado por la tarde, cuando regresaron, sonó el teléfono.

–¿Dónde has estado? –le preguntó él entre susurros.

–Celebrando mi ascenso con los niños. ¿No te acuerdas?

–Te he estado llamando todo el día.

–Comimos allí.

–Tengo que colgar. El lunes te espero a la salida de la oficina.

Ella le habría querido decir que no podía, que había comenzado sus clases de gimnasia.

Aurelio estaba esperándola frente a la entrada.

–Te echaba de menos.

Ella le sonrió y ambos se dirigieron hacia el coche.

–Vamos, he venido hasta aquí para verte. ¿No podemos tomarnos un café?

–Lo siento, de veras, pero hoy es el primer día.

Cuando llegaron a casa, él esperó dentro del coche a que ella bajase con la ropa deportiva y se empeñó en acompañarla hasta el gimnasio.

Él miró al recepcionista de camiseta blanca ajustada y a los hombres sudorosos de la sala y le dio un beso, prolongando el contacto de sus labios. Ella sintió que volvía a ruborizarse. ¿Y si había alguien conocido?, pensó.

–¿Te apetecería ir a la ópera?

–¿A la ópera?

–Tengo entradas para el sábado por la tarde.

–¿Para el sábado? Seguro que se me ocurre una buena excusa para poder ir.

Ella se alegró.

Sin embargo, a diez minutos del cierre de puertas, esperaba sola a la entrada del Teatro de la Zarzuela. Se había puesto un vestido negro y un abrigo nuevo gris perla. También se recogió el pelo en un moño italiano. Al ver su reflejo en los cristales de la puerta decidió que estaba muy elegante. Quería ver la reacción de Aurelio. La gente llegaba poco a poco, en parejas agarradas del brazo, en lujosos coches. Miró su reloj. Faltaban apenas unos minutos para que comenzase. Sonrió a un matrimonio a su lado. De repente, vio a Román. Se sorprendió. Él también se extrañó quizás de encontrarla sola. Avisaron de que iban a cerrar las puertas.

—¿Qué haces aquí?

Él se encogió de hombros y dijo:

—Dando un paseo.

—¿Quieres entrar conmigo?

—¿Esperabas a alguien?

—Creo que no va a llegar y sería una lástima que se perdiera una entrada. A menos que tengas otros planes.

Una mujer les indicó qué escalera tenían que subir. Las luces se apagaron. La orquesta comenzó a tocar. Ella sonrió emocionada.

A la salida, Aurelio estaba en la puerta. Clara se alegró de verle. Llevaba un abrigo negro, abierto, que dejaba ver un esmoquin con pajarita blanca. Se disculpó por haber llegado tarde, sin dejar de mirar a Román. Ella los presentó, evitando mencionar el parentesco que los unía. Aurelio seguía con sus ojos clavados en él. Román le estrechó la mano sonriente, miró su reloj y comentó que tenía que marcharse.

—Gracias por la invitación.

—Gracias a ti; al fin y al cabo, las entradas eran tuyas.

Aurelio la cogió de la cintura y comenzaron a caminar en dirección opuesta. Ella le explicó la casual coincidencia. Intentaba restarle importancia a lo sucedido, aunque la reacción de Aurelio le resultaba divertida. Él permanecía serio.

Subieron al coche y ella recibió un beso que no tuvo tiempo de corresponder. Él volvió a besarla y ella cerró los ojos, envuelta por su perfume. Le acarició el pelo, pero lo tenía rígido, engominado hacia atrás. Él le acarició su cuello desnudo, bajando la mano por la espalda lentamente. Ella sintió un fuerte deseo de apretarse contra su pecho y él, como si lo hubiera adivinado, la estrechó entre sus brazos para besarle la sien, alrededor de la oreja, en el lóbulo y detrás de él. Entonces él le propuso ir a cenar.

—¿Al Ritz?

—Sí —dijo él—. Nuestra primera cita no se merece menos.

—¿Primera cita? Pero le dije a Andrea que no volvería tarde.

—Debería quedarse a dormir.

—¿A dormir?

—Será lo mejor.

Durante la cena, Aurelio le dijo que había reservado una habitación. Clara sintió que el calor del pecho le subía de nuevo hacia las mejillas.

—Te quiero.

—Pero, ¿cómo vamos a...?

—Te quiero —volvió a decir él sirviéndole otra copa.

¿Cuánto vino había bebido? ¿Media botella? ¿Una?

En la habitación, Clara no quiso encender las luces. Únicamente la del baño, con la puerta entreabierta. Él se quitó la chaqueta y comenzó a desvestirla mientras le besaba el cuello de nuevo. Ella cerró los ojos.

# XVI

−Dios mío, ¿qué voy a hacer? −le susurró Aurelio al oído.

Habían apagado ya las luces. La película estaba a punto de comenzar. Clara le miró a la cara iluminada por las imágenes de la pantalla y frunció el ceño. A María se le cayó la lata de Fanta al suelo; se agachó a buscarla entre los pies de Pablo, que miraba absorto la película mientras comía sus palomitas.

−Levanta los pies −le dijo enfadada.

−Silencio −se oyó desde algunas filas de detrás.

Palpó la alfombra pegajosa hasta que encontró la lata.

−Tendría que haberlo supuesto −se lamentó Aurelio.

Ella lo miró sin decir palabra.

−Debería haberme dado cuenta.

−Bueno, ¿y qué más da? −estalló ella.

−Shhhh −protestaron los de detrás.

−Mi mujer se va con otro y ¿a ti te parece que da igual? −dijo él subiendo el tono de voz.

−Cállense −volvieron a decir.

«¿Acaso no me ha repetido una y otra vez que entre ellos ya no había nada?», pensó Clara.

−Encima el imbécil es diez años mayor que yo.

−¿Y qué importa si es mayor o menor?

−Silencio o les saco a la calle −dijo el acomodador con su linterna. Clara le hizo a Aurelio una señal con el dedo índice sobre los labios.

Él se reclinó en el asiento.

Cuando salieron, quiso agarrarla del brazo. Ella negó con la cabeza, señalando a sus hijos, mientras en su mente se repetía: «Mi mujer se va con otro y ¿a ti te parece que da igual?»

En el coche, Pablo se sentó en el asiento delantero. Le preguntó a su tío si le había gustado la película.

—Mucho —respondió él al tiempo que frenaba bruscamente. El semáforo se había puesto en rojo. Los niños propusieron ver otra el siguiente sábado, pero él tamborileó el volante con los dedos sin responder.

—O el siguiente —insistió Pablo. Aurelio miraba el semáforo con impaciencia.

—El tío tiene muchas cosas que hacer —intervino Clara. El semáforo se puso en verde y arrancó a toda velocidad. Antes de salir del coche, Aurelio le prometió a Pablo que se verían el siguiente sábado. El niño sonrió y María también.

—No tienes ninguna obligación —susurró ella.

—Lo sé, pero me apetece.

—Como quieras. Hasta el sábado entonces.

Cuando se metió en la cama, Clara no lograba conciliar el sueño y creyó sin convicción que podía deberse a la falta de ejercicio. Se dio media vuelta hacia la derecha y otra vez hacia la izquierda. «Mi mujer se va con otro y ¿a ti te parece que da igual?», recordó de repente. Entonces golpeó la almohada hasta aglutinar el relleno en el centro y reposó allí la cabeza. Quizás solo se trataba de una herida a su orgullo masculino, se dijo. Entonces sonó el teléfono. Dejó repetir el mismo sonido varias veces antes de descolgarlo. Inés la invitó desde el otro lado a asistir a una fiesta en su casa. Le dijo que no podía. «Es mi cumpleaños», protestó su amiga. Clara se disculpó por haberlo olvidado y confirmó su asistencia. «Puedes traer acompañante», le dijo ella antes de colgar.

Román le propuso en el pasillo ir a tomar un café. Clara le explicó que tenía que acabar dos documentos y una carta. Él insistió: «tenemos que hablar». Miró el reloj. Media hora no la retrasaría demasiado. Román quiso ir a la calle, en vez de a la cafetería laboral. Ella pensó que el trayecto restaría quince a los treinta minutos de los que disponía.

Se sentaron en los taburetes metálicos frente a la barra. Él le comentó que estaba muy contento de que fuese su nueva secretaria. Incluso le había pedido un despacho junto al suyo. Clara probó el café de la taza. Estaba hirviendo. Pidió un poco de leche fría.

—Pero las secretarias no tienen despacho —le dijo ella por fin. Él se encogió de hombros. Ella miró el reloj, bebió de un sorbo el café y le dijo que tenía que volver a la oficina.

—Pensé que te haría ilusión —dijo él al dejar el dinero sobre el platillo metálico.

—Lo siento —se disculpó ella mientras se ponía el abrigo—, últimamente tengo demasiadas cosas en las que pensar. De camino a la oficina, él le describió emocionado cómo sería su nuevo despacho.

A Clara le sorprendió que Aurelio estuviese esperándola el miércoles a la salida del trabajo. Habían hablado por teléfono por la mañana y ella le había dicho que no podían verse, que tenía un compromiso. Él le rogó, pero ella se negó. No quería ir con él al cumpleaños de Inés y que todo el mundo pensara que eran pareja, cuando ni siquiera ella tenía la certeza de serlo. Se acercó y le dio un beso. ¿O acaso lo eran ya?

—Te necesito Clara —le susurró—, te necesito.

Ella le confesó que había una fiesta en casa de Inés.

—Justo lo que necesitaba —gritó Aurelio antes de darle otro beso. Y la agarró del brazo para dirigirse juntos hacia el coche.

Durante todo el trayecto, Clara no dejó de mirar hacia la calle. Se imaginó cómo se sentiría ella sola en casa de Inés, rodeada de matrimonios, de mujeres mirándola con suspicacia y de hombres que jamás se acercarían a ella por temor. Él conducía tarareando una canción que habían puesto en la radio. Pensó en lo diferente que sería todo si iba acompañada. Se le ocurrió que podría decirle a Inés que se había encontrado con su cuñado y que al verlo tan abatido por la separación, lo había invitado a ir a la fiesta. Era una excusa perfecta y así se lo comentó a él.

Aurelio dejó de tararear.

—¿Te avergüenzas de mí?

—Por favor, Aurelio, no digas tonterías.

—Contesta.

—Por supuesto que no.

—Entonces, ¿por qué hay que inventar esa historia?

Cuando llegaron, Clara quiso abrir la puerta del coche, pero él la detuvo.

—¿Me quieres?

—¿Por qué me lo preguntas?

–Quiero saber si me quieres.

Ella volvió a recordar «mi mujer se va con otro, ¿y a ti te parece que da igual?»

–¿Y tú? ¿Me quieres a mí?

–Estoy hablando en serio.

–Yo también –le dijo ella intentando abrir la puerta. Él le detuvo.

–¿Qué pretendes? –protestó enfadada–. Si ni siquiera tú estás en condiciones de saber a quién quieres.

Él preguntó con la voz rota:

–¿Qué es lo que necesitas para convencerte?

Entonces la atrajo hacia su pecho. A través de él, del traje y del abrigo, Clara escuchó:

–No te confundas. Lo que a mí me importa son mis hijas.

Y la abrazó con fuerza, tanta, que notó los latidos enérgicos de su corazón. Le pareció que esa energía no podía fingirse.

En casa de Inés había mucha gente. Todo el mundo vestía demasiado elegante para estar en un piso. Las mujeres tenían cigarrillos y largas copas de cristal con burbujas doradas y los hombres vasos llenos de hielo y alcohol de diferentes colores: amarillo, marrón, rojizo. Desde la puerta de la entrada hasta el salón, la gente permanecía de pie, hablando. Algunos hombres se reían sujetándose el nudo de la corbata mientras miraban las piernas de alguna mujer que estuviese cerca. Ellas movían las cabezas retirándose el pelo de los hombros con suavidad mientras de reojo analizaban el cuerpo de la mujer de al lado.

Clara y Aurelio se hicieron paso hasta el salón. Allí estaba su amiga, sonriendo. «Le pasa algo», pensó Clara nada más verla. Inés dejó su conversación con un hombre que le llegaba por debajo de los hombros para acudir a su lado y abrazarla durante unos segundos. Entonces supo con certeza que algo le ocurría. Inés se extrañó al ver a Aurelio. Debió de suponer que era un invitado de su marido y le señaló donde se encontraba el camarero. Después cogió a su amiga del brazo y ambas se fueron hacia una de las esquinas del salón. Clara se volvió a mirar a Aurelio, que hablaba con un joven.

Inés le confesó que estaba muy nerviosa porque su marido había llamado para decirle que no podría ir. Clara intentó calmarla. Quizás quisiera darle alguna sorpresa. Pero su amiga miró al suelo, como si estuviera segura de que no iba a aparecer.

Una mujer con un vestido malva ajustado se acercó a saludar a Inés. Debía de hacer mucho tiempo que no se veían a juzgar por el entusiasmo con el que se acercó. Levantaba los brazos y gritaba: «Inés, querida». Al llegar a ella, esperaba verlas darse un abrazo o un beso, pero la señora se paró frente a ella sonriente y le cogió la mano. Se quedaron hablando, mientras ella iba a reunirse con Aurelio que conversaba con un señor de pelo negro y dientes grandes. Les escuchó durante diez o quince minutos hablar sobre la empresa, hasta que decidió ir a buscar algo de beber.

De repente, un hombre con un traje de rayas grises, rubio y pálido se acercó para preguntarle si era amiga de Inés. «La viuda», añadió. A ella le pareció una descortesía, pero le respondió con un gesto. Inés le había hablado mucho de ella y quiso saber si también lo había hecho de él. Era gerente de un banco. Desde donde estaba, Clara vio como Inés se acercaba a hablar con Aurelio y su acompañante. Deseó estar allí para escuchar qué decían. El banquero le habló de su excesiva responsabilidad en el trabajo, por otra parte bien remunerada, y la necesidad que sentía de relajarse de vez en cuando.

—Ya sabes a qué me refiero —le insinuó bajando los ojos a su escote. Clara se dio media vuelta con intención de marcharse, pero él se ofreció incluso a llevarla a su casa. Entonces apareció Aurelio.

—¿Pasa algo cariño? —le preguntó mirando al hombre a los ojos. Ella negó con la cabeza, desembarazándose de aquel brazo.

Inés se acercó a la esquina del salón donde Clara esperaba a que Aurelio llegara con los abrigos. Le dijo que sabía que su marido no aparecería, que no era la primera vez y que estaba harta. Una mujer de hombros anchos y escasas caderas las interrumpió para felicitar a Inés por la fiesta, seguida por otra con cara de águila.

La tarde del jueves Aurelio quiso ir con ella y sus hijos a merendar a una hamburguesería americana. Ella tenía clase en el gimnasio, pero ante su insistencia acabó cediendo. Quedaron en el centro, con la única condición de no hablar delante de los niños de su ex mujer y de sus hijas. Clara no quería repetir la tarde del cine.

Pablo corrió a abrazar a su tío y María, quizás por imitación, también.

Clara fue al aseo. Cuando regresó, se quedó observándolos desde lejos. Aurelio estaba riéndose y sus hijos también. Le gustó verlos así. La camarera se acercó a ella.

—Su marido ya pidió —le dijo—. ¿Qué tomará usted?

Ese día sí parecían una familia.

Cuando llegaron a casa, él esperó hasta que los niños se acostaron. Se sentó en el sofá y le hizo una seña con la mano para se sentase a su lado.

—Los niños podrían levantarse.

—No lo creo —dijo él.

Clara accedió. Apagó la luz y se quedaron en penumbra. Entonces él aproximó a ella. Esperaba que siguiese acercándose, pero no lo hizo. «Te quiero», dijo. Y la besó. Ella quiso prolongar el roce de los labios un poco más y presionó los suyos también. Sintió el calor de su cara en la nariz y las mejillas, pero no en su cuerpo. Entonces él, como si lo presintiera, la abrazó. Comenzó a acariciarle la espalda, en paralelo a la cremallera del vestido; con las yemas de los dedos le acarició la nuca, las costillas y lentamente el vestido se abrió como un libro.

De repente, se detuvo y le preguntó si podía hacer una llamada.

—¿Ahora?

—No me gustaría dejar de avisar en casa. Hay demasiadas cosas en juego.

Clara encendió la luz y le señaló el teléfono. Volvió a abrocharse el vestido. Él le cogió la mano para que se detuviera.

—Se trata de mis hijas, no lo olvides.

Se quedó mirándolo, como queriendo adivinar lo que estaba pensando, pero no vio nada. «Quizás está siendo sincero», se dijo. Le escuchó hablar por teléfono. Comentó que iba a quedarse en casa de un amigo a pasar la noche. Se encogió de hombros, señalando el auricular, como si quisiera justificar su explicación.

Cuando colgó, quiso volver a abrazarla. Ella se quedó inmóvil, en silencio. Quizás se estaba entregando a alguien que no estaba dispuesto a hacer lo mismo por ella.

–Te quiero.

Clara permaneció en silencio. Ella no estaba acostumbrada a verbalizar sus afectos, porque las palabras no dejan de ser intangibles, a pesar de generar sentimientos en los demás. Siempre se creía en la obligación de demostrar los suyos y quizás por esa razón a ella no le gustaba hablar de sus cosas.

Entonces él, como si hubiese comprendido sus dudas, se puso de rodillas y le juró que la quería más de lo que nunca había querido a nadie. Le dijo que desde el primer día que la vio junto a su hermano la deseó en secreto y aunque no se sentía orgulloso de ello, no había podido evitarlo. Era una mujer, le dijo, muy especial.

Se levantó y le cogió la cara con ambas manos para besarla. Ella le correspondió a medias. Él abrió de nuevo, pero muy despacio, el vestido y comenzó a besarle el cuello. A tientas apagó la luz. Ella la encendió. Entonces le repitió que la amaba. Después de unos segundos, comenzó a acariciarle la espalda y el cuello. Casi sin darse cuenta, ella notó su mano sigilosa dentro del sujetador. Sintió un cosquilleo tibio recorrerle el pecho, la garganta y subir hasta la cara. Tuvo un impulso de abrazarlo fuerte y él aprovechó para apagar la luz. Se besaron y caminaron a tientas, entre caricias, hasta la cama. Allí se terminaron de desnudar bajo las sábanas.

Encendió la luz de la mesilla, desorientada. El teléfono estaba sonando. Vio a Aurelio acostado a su izquierda. Miró el reloj. Eran las tres de la madrugada.

—Necesitaba hablar contigo —le dijo Inés al otro lado del auricular. Clara no pudo evitar un gran bostezo. Aurelio se despertó. De repente, su amiga comenzó a llorar. Ella se incorporó en la cama, apoyando la espalda en el cabecero.

—¿Qué te ocurre?

Inés continuó llorando y le dijo, entre sollozos, que su marido estaba con otra. Le contó que había llamado a las doce a su despacho y le había descolgado el teléfono una mujer. Como Clara también se había quedado trabajando en la oficina hasta muy tarde en alguna ocasión, le dijo que no debía preocuparse. Oyó como su amiga se sonaba antes de seguir contándole que había ido a esperarle a la oficina y les había visto salir a los dos juntos. A Clara la situación no le parecía sospechosa. Entonces Inés le confesó que los había seguido hasta un piso cerca de la oficina, donde permanecieron durante dos horas.

—¿Has hablado con él? —le preguntó. Su amiga volvió a llorar y le respondió con la voz entrecortada que no quería escuchar sus mentiras.

—Necesito salir de aquí ahora mismo. ¿Puedo ir a tu casa?

—Por supuesto. —Cuando colgó, le pidió a Aurelio que se fuese.

—Tienes que contarle lo nuestro —dijo él enfadado cuando salía por la puerta.

A la mañana siguiente, a Clara le dolía la cabeza. Había tenido que compartir su cama con Inés, ya que el radiador de la antigua habitación de Eduardo no funcionaba. Se rompió nada más marcharse su suegro, al usarlo de escalera para quitar la cortina. Hasta entonces no había sentido la necesidad de repararlo. Estaba descolgado de un lateral y únicamente se sostenía a la pared por el otro.

Se tomó tres cafés, que no le hicieron efecto. Los párpados se le caían y se esforzaba por mantenerse erguida en la silla frente al ordenador. Román pasó cerca de su mesa y ella le preguntó si conocía a algún fontanero que pudiese ir esa misma tarde a su casa. El señor de mantenimiento de la oficina sabía hacer un poco de todo, le dijo él.

Clara le dio la llave inglesa al hombre, que miraba con detenimiento el lateral del radiador descolgado de la pared. Pablo entró en la habitación para decirle que Inés estaba llorando.

–Ahora mismo voy.

El hombre cogió la llave y se agachó para buscar la rosca del otro lado. Parecía saber lo que estaba haciendo, pero a ella le extrañó que no hubiese traído sus propias herramientas. De repente se puso en pie y preguntó dónde estaba la caldera. Clara lo acompañó hasta la terraza de la cocina. Preguntó si sabía dónde estaba la llave de paso del agua. Ella no tenía idea de que existiese una llave y se ofreció a ayudarle a buscarla. «No se preocupe –dijo él–, atienda a su amiga, que ya lo busco yo». Clara fue a ver a Inés, que seguía en la cama. «Te estoy causando demasiadas molestias», se lamentó. Ella negó con la cabeza, le dijo que ese radiador tendría que haberse arreglado hacía tiempo. María apareció en la puerta. Le preguntó si quería jugar con ella. Su amiga se volvió a tumbar y se arropó con las sábanas. Clara llevó a María al salón y encendió la tele. Le dijo a Pablo que cuidase de ella. Después volvió a la terraza donde el hombre forcejeaba con una llave metálica que había clavada en el suelo, bajo un mueble de herramientas que él había desplazado. «La encontré», le dijo. Según él, le faltaba una pestaña y era difícil cerrarla. Había que hacerlo antes de descolgar el radiador de la pared, ya que el agua podía inundar la habitación. «Lo que me faltaba», pensó Clara. De repente se oyó un crujido y un trozo metálico voló hacia la pared. «Se lo dije, estaba medio rota. Ahora se ha roto del todo». Ella se asustó, pero según él, aquello no tenía importancia. Volvieron a la habitación y el hombre descolgó el radiador, le colocó en el lateral que estaba roto otra agarradera metálica y preparó yeso en el barreño que le había llevado ella. Por fin selló la pared. Después clavó el radiador y lo enroscó a la tubería de nuevo, dejando unas tablas debajo para sostenerlo. «Hay que quitarlas cuando el yeso endurezca», le dijo antes de marcharse. Ella le preguntó por la llave del agua, entonces él se golpeó la frente y volvió a la terraza. Con los alicates intentó hacer girar el pequeño pedazo metálico que había quedado en el suelo. «Creo que ya está», le dijo. Clara le pagó lo que habían acordado y le dio una lata de cerveza, que él agradeció chasqueando la lengua.

Una hora más tarde, cuando abrió el grifo de la bañera para duchar a María, el agua no salía caliente. Esperó sin éxito a que comenzase a templarse. Entonces fue a ver la caldera, que parecía funcionar con normalidad. Las llamas azules se veían a través del hueco de encendido. Regresó a la bañera pero el agua seguía fría. Suspiró, cerró el grifo y se fue a la cocina a calentar agua en una cacerola.

Al día siguiente llamó a un técnico de calderas desde la oficina. El hombre fue esa misma tarde a su casa y le dijo que todo parecía funcionar correctamente, hasta que vio la llave de paso del agua.

—¿Está abierta o cerrada? —preguntó. Ella se encogió de hombros—. Si está abierta —le dijo—, la caldera pierde agua. Tiene que llamar a un fontanero para que cambie la llave —sentenció. Y le entregó la factura con sus honorarios.

Inés se levantó y dijo que al día siguiente se marcharía a su piso. Clara intentó disuadirla, pero ella insistió:

—Tendré que hacerlo más tarde o más temprano.

Cuando todos se habían acostado, Clara se derrumbó en el sofá. Sonó el teléfono.

—¿Todavía no se lo has contado?

—Ahora no es el momento, Aurelio.

—No podemos seguir así.

—Mañana Inés regresa a su casa.

—¿Vuelve con él?

—No, a su piso de soltera.

—¿Por qué?

—No tenemos agua caliente. Está rota la llave de paso del agua de la caldera.

—¿Y por qué no me lo has dicho? Mañana iré a arreglarla.

Ella abrió los ojos, incluso se incorporó en el sofá.

—¿Te das cuenta? —preguntó él—. No podemos seguir así.

—¿Así? ¿Cómo?

—Viviendo separados.

Aurelio apareció con una caja de herramientas la tarde siguiente, después de que Inés se marchara a su piso. Se había puesto unos pantalones de deporte y un jersey de lana desgastado. Martilleó el cemento de alrededor de la llave del paso de agua y la arrancó del suelo. Después preparó yeso en un barreño que había llevado y enroscó la nueva llave a la tubería, recubriéndola con la preparación. Dejó al descubierto las dos pestañas metálicas y las giró. Le pidió a Clara que encendiese el agua caliente. Ella fue a la cocina, abrió el grifo y el agua salió más y más caliente cada vez. Entonces se sentó en una silla y sonrió.

–Me mudaré aquí el fin de semana –dijo él acercándose para besarla.

# XVII

Había dejado de escribir en el teclado para escuchar la música distante del piano cuando Román abrió la puerta de su nuevo despacho.

—Espero que no estés echando de menos a tus compañeras —le dijo.

Ella negó con la cabeza. Se sentía muy tranquila. Román le entregó otro documento para corregir. Clara miró los folios con las correcciones a bolígrafo y continuó tecleando. La música del piano se terminó y comenzó a sonar una canción de Alaska.

—Vamos a ir a celebrar los ascensos el próximo viernes por la noche —comentó Román—. He pensado que quizás te apetecería venir.

—No puedo. Lo siento.

—No todo va a ser trabajo.

—Tengo dos hijos. Ya lo sabes.

—Seguro que puedes arreglarlo.

Clara no contestó.

—Piénsalo. Será divertido.

Se levantó y se marchó, dejando la sensación de que al menos ella debía pensarlo.

¿Qué había de malo en salir a celebrar su ascenso? Además, ahora que Aurelio vivía en su casa, podría quedarse con los niños. ¿Y qué opinaría él de que saliera con sus compañeros?

Román abrió la puerta de nuevo.

—Te dije el viernes, pero será el sábado —le dijo moviendo la cadera y los hombros al ritmo de la música.

Y volvió a cerrar la puerta. Clara se rió.

Terminó una hora y media más tarde de lo habitual. Corrió a coger el autobús. Su clase de gimnasia comenzaba en una hora.

Subió las escaleras de dos en dos y abrió la puerta, encontrándose con Aurelio en el pasillo. Parecía que acababa de llegar. Llevaba aún la camisa, la corbata y el pantalón del traje, que desentonaba con las zapatillas marrones de cuadros de estar en casa. Le sonrió. Pablo, que estaba al lado de su tío, se acercó a darle un beso. Después le preguntó a Aurelio si quería jugar con él a las cartas. Él no contestó. Ella elevó las cejas señalando al niño; él sonrió asintiendo con la cabeza.

Clara se fue a la habitación y se cambió de ropa. Volvió al salón. Aurelio estaba sentado con Pablo en el sofá, barajando un taco de cartas. Clara les dijo que se marchaba.

—¿A dónde? —preguntó él.

—A mi clase de gimnasia.

—Vamos a jugar a las cartas.

—Ya veo.

—Pablo me estaba contando lo que aprendió hoy en el colegio.

—Estupendo —dijo Clara con intención de salir.

—Andrea me preguntó si podía marcharse más temprano hoy. Le di permiso.

—No me había dicho nada. —Ella se detuvo.

—Acabo de dárselo.

—¿Y quién bañará a María? ¿Y la cena?

Él se encogió de hombros. Ella se quedó pensando en qué hacer.

Desde que Aurelio vivía con ellos, apenas había ido dos días seguidos al gimnasio.

Se dio la vuelta y fue al cuarto de baño. Dejó el grifo de la bañera abierto mientras iba a buscar el pijama de María. La niña llegó sonriente. La desnudó y la metió en el agua. María empezó a cantar. La enjabonó distraída, pensando que necesitaba ir a la clase de gimnasia. Su hija no quiso salir hasta que el agua se quedó fría. Cuando terminó de vestirla, desenredó su pelo y lo aireó con el secador.

Fue a la cocina. Abrió la nevera. Decidió hacer un puré de verduras. Tuvo que pelarlas, lavarlas y hervirlas. Se miró el zafiro de la mano izquierda y se lo quitó para guardarlo en el bolsillo del delantal.

Después puso la mesa, trituró las verduras e hizo las tortillas. Sirvió la mesa y fue a buscarlos al salón.

—¿No cenas tú? —le preguntó Aurelio mientras partía un trozo de tortilla.

—Prefiero hacerlo después de ducharme —le contestó ella, mientras le introducía una cucharada de puré a María en la boca.

Eran las nueve y media. A esa hora los niños debían estar durmiendo, pensó. Pablo seguía contándole anécdotas a su tío. María también quería hablar, pero ella no dejaba de darle una cucharada tras otra. Y otra y otra más. Buscó en el frigorífico un yogurt.

—Vamos Pablo —le dijo Clara seria—. Termina. Tienes que acostarte.

El niño acabó su postre despacio y se despidió de su tío. Aurelio sonrió y se quedó pelando una manzana.

—Voy a ducharme —le dijo Clara a Aurelio cuando terminó de recoger la mesa.

—Yo te espero en el salón.

Se sumergió en la bañera repleta de agua con espuma y cerró los ojos.

Acababa de sentarse en la cama, apoyada en el cabecero, dispuesta a leer su libro, cuando sonó el teléfono. Aurelio apareció en la puerta de la habitación con un pijama azul de rayas oscuras y se acostó a su lado. Ella descolgó el auricular.

—Estoy embarazada —fue lo primero que le dijo Inés. Después, se echó a llorar.

Clara intentó animarla sin éxito. Le dijo a Aurelio quien era por señas.

—¿Y qué vas a hacer?

—¿Tú qué crees que puedo hacer? Volver con él.

—¿Estás segura?

—¿Te parece que tenga otra opción?

—Puedes tener a tu hijo sola.

—¿Ser madre soltera? —dijo poniéndose a llorar de nuevo.

—Puedes volver a trabajar. Tienes casa propia. Me tienes a mí.

—Tú y tu ilusoria vida feliz en soledad.

Clara se calló. No sabía por qué ella se ponía a la defensiva. No era eso lo que quería decirle. ¿O quizás sí?

—Es lo mejor —le dijo Aurelio bostezando cuando ella terminó de contárselo—. ¿Qué va a hacer ella sola con un bebé? Es hora de dormir. ¿Puedo quedarme aquí contigo?

—Sabes que no quiero que los niños nos vean en la cama juntos.

—Te prometo que me iré a la otra habitación antes de que se despierten —dijo él apagando la luz.

—Quiero leer.

—Son las doce. Mañana tenemos que madrugar.

Notó en la oscuridad los dedos de Aurelio buscando su cara.

—Te quiero —dijo.

—Yo también —respondió ella mecánicamente.

Y dejó el libro a tientas sobre la mesilla, pensando que no había puesto el separador de páginas.

El domingo fueron al zoológico. Hacía un día soleado. Aurelio los dejó en la entrada, pero no se bajó del coche. Les dijo que tenía que ir a ver a sus hijas.

Llegaron muy temprano. María corrió emocionada hacia la jaula de los monos con su bolsa de plástico en la mano. Clara se volvió a mirar a Pablo, que estaba muy serio. Lo cogió del brazo y lo obligó a correr detrás de María. Cuando la alcanzaron, estaba dándole un trozo de pan duro a un mono con calvas a través de las rejas. El mono cogió el pan con sus finos dedos y se lo metió rápido en la boca. Después lo escupió y se marchó. Pablo se rió. Clara y María también. Fueron a ver a los patos. Pablo se animó también a lanzar pedazos de pan, comprobando lo lejos que era capaz de llegar. Visitaron a los leones y al leopardo, sus animales favoritos.

A medio día comieron unos bocadillos sentados en un banco. Clara buscó su cámara de fotos en el bolso, se levantó y les dijo que sonrieran. Una pareja se ofreció a hacerles la foto a los tres. Ella se sentó en el centro, pasando el brazo por encima de los hombros de los niños. Aquella era la imagen que quería ver todas las noches antes de dormirse, pensó.

—¿Dónde está el zafiro? —le preguntó Aurelio cuando llegaron a casa.

Clara se estaba quitando el abrigo. María y Pablo fueron corriendo al lado de su tío, que estaba sentado en el salón leyendo el periódico.

—No sé —contestó ella dándose cuenta entonces de que no lo llevaba puesto.

—¿No sabes?

Pablo le dijo que habían visto leopardos y leones. Él no le prestaba atención.

—Es extraño —dijo ella intentando recordar cuánto tiempo hacía que no lo había vuelto a ver.

Fue a la mesilla y lo buscó. Allí no estaba. Después miró en los cajones de la cómoda, en el pequeño joyero de madera, en el baño, en los cajones del armario del baño, en la habitación de María, en la de Pablo y finalmente volvió al salón.

—No sé dónde lo he puesto.

Los niños se habían sentado en el sofá a ver las noticias.

—¿Lo has perdido? —dijo él dejando de leer.

—Tengo que buscarlo bien. Más tarde. Ahora voy a bañar a María y a preparar la cena.

—¿Más tarde? ¿Pierdes un zafiro y me dices que lo buscarás más tarde?

—No creo que se haya perdido. Te estoy diciendo que ahora no puedo buscarlo. No quiere decir que no me interese. Estoy segura de que lo tengo guardado.

Aurelio clavó los ojos en el periódico. Ella hizo una señal con la cabeza a María para ir al baño. La niña obedeció enseguida.

—¿Quieres que vaya llenando la bañera mamá? —se ofreció Pablo.

Clara asintió con la cabeza. El niño la ayudó también a poner la mesa, mientras ella preparaba la cena. Aurelio entró en la cocina en el momento en que Clara estaba sacando el delantal del cajón del mueble y, de repente, el anillo se calló al suelo.

Aurelio se agachó a recogerlo.

–Lo siento. Hoy no he tenido un buen día. Siento haberlo pagado contigo –le dijo mientras le entregaba el anillo.

–Está bien –dijo ella rechazándolo–. Guárdamelo, no quiero volver a perderlo.

–Por favor, Clara. He pasado todo el día solo. Mis hijas se habían ido con su madre sin avisarme.

–Vamos mamá –dijo entonces Pablo a punto de llorar–. Cógelo.

Ella miró a su hijo durante un instante y después se guardó en anillo en el bolsillo del pantalón.

Cenaron los cuatro y los niños le contaron las anécdotas del zoo a su tío. Cuando se acostaron, Aurelio ayudó a quitar la mesa y a secar los platos.

Más tarde, apareció en la habitación con su pijama y las zapatillas marrones de cuadros.

–Lo siento.

–Está bien –dijo ella dejando el libro a un lado.

–Mi ex mujer se había ido con las niñas y el imbécil ese a pasar el día fuera. Sin avisarme.

Clara miró la portada del libro.

–Me sentí ridículo después de haberos dicho que no podía ir con vosotros.

–No importa.

–No sabía que fueses a quedarte hasta tan tarde. Te he echado de menos –dijo acercándose a su cama.

Le dio un beso en la frente y se acostó a su lado.

–Voy a apagar la luz.

—Quiero leer un rato. Si prefieres dormir, puedes hacerlo en tu habitación.

—No me molesta —dijo él.

Y se puso a hablarle de su ex mujer, de lo humillado que se había sentido al llegar al portal sin llaves y encontrarse una nota donde le avisaba de que habían salido.

Ella colocó el separador dentro del libro y lo dejó sobre la mesilla. Estuvo escuchando hasta que él terminó. Después le dijo:

—En la oficina han organizado una fiesta para celebrar los ascensos.

—¿Cuándo?

—El sábado por la noche.

—El próximo sábado tengo que ver a mis hijas.

—No tienes que preocuparte de nada. Andrea podría venir y quedarse hasta que yo regrese.

No hubo respuesta.

—¿Me has oído?

—Estoy cansado. Voy a dormir.

Clara se quedó mirándole la espalda con el pijama de rayas marrones a medida que se alejaba hacia la puerta de la habitación.

—Hasta mañana —le dijo ella.

Él no se volvió. Tampoco le contestó.

Tres días más tarde, sonó el teléfono del despacho. Era Inés.

—He vuelto a casa —le dijo.

—¿A qué casa?

—A su casa.

—¿Y cómo estás?

—¿Cómo voy a estar?

—¿Estás convencida?

—Ya lo he decidido Clara.

—¿Cómo se ha tomado la noticia del embarazo?

—Parece contento. Pero ya sabes como son los hombres —dijo con la voz temblorosa.

—¿Cómo?

—Muy poco expresivos.

Hubo un silencio.

—Ahora apenas lo veo. ¿Sabes? Pero el sábado quiero hacer una gran fiesta para celebrar mi maternidad. Y quiero que vengas.

—No puedo. Lo siento. Celebramos los ascensos en la oficina. Pero puedes contar conmigo para lo que necesites.

Hubo un silencio.

—Gracias Clara.

Cuando colgó, supo que faltaban muchos años para que Inés decidiera contar con ella.

Diez minutos más tarde, la telefoneó Aurelio para informarle de la misma fiesta.

—Me gustaría que fuésemos juntos.

Eran las primeras palabras que le dirigía desde hacía dos días.

—Ya te comenté que tengo otro compromiso.

—Quiero que todos sepan que somos pareja. ¿Tú no?

—Ese no es el tema, Aurelio, y lo sabes.

—No sé qué es lo que te pasa, pero últimamente no te reconozco —dijo. Y colgó el teléfono.

# XVIII

Cuando todo se quedó a oscuras, Clara se dirigió a la habitación de Aurelio.

—¿Estás dormido? —le preguntó desde la puerta.

—No.

Se acercó hasta su cama a tientas y se sentó.

Él se quedó inmóvil. Después, abrió las sábanas. Ella no se metió dentro. Se quedaron en silencio.

—Quiero que el sábado vengas conmigo —susurró él.

—No puedo.

—Eso no es más que una fiesta.

—Lo otro también.

—Quiero hacerlo público, Clara. Quiero casarme contigo.

¿Por qué la sorprendía con esas proposiciones en los momentos más insospechados?

—Clara, irán todos mis compañeros con sus mujeres. Quiero que te conozcan.

Ella se quedó callada. Quizás él necesitaba el reconocimiento público, pero ella no, ya no.

—Te quiero, Clara, te quiero. Dime que vendrás conmigo. Dime que quieres que todos sepan que somos pareja.

Pensó en si estaría siendo sincero. Por supuesto que no tenía reparos en que la gente los viese; vivían juntos a pesar de que él aún no estuviese divorciado legalmente. Pero esa no era la cuestión.

—Me gustaría tener un hijo contigo.

De nuevo otra proposición. Intentó adivinar sin éxito el gesto de su cara en la oscuridad. Trató de imaginarse cómo sería tener otro bebé en casa, aunque eso era difícil; ella ya había pasado de los cuarenta.

—¿A mis años?

—Estás estupenda.

Ella sonrió.

—Además, yo puedo hacerme cargo de todo. No necesitarías trabajar.

Ella dejó de sonreír.

—¿No me respondes?

Cerró los ojos. Trató de determinar lo que realmente deseaba.

—Clara.

—Lo siento —dijo sin haberlo conseguido—. No puedo decidir mi vida así, en un instante.

—Yo no necesito tiempo para saber que quiero estar junto a ti.

Hubo un silencio.

—Dime al menos que vendrás conmigo a la fiesta de Inés.

La estrechó entre los brazos y le susurró con su aliento en el cuello un «te quiero». Ella se separó para volver a su cama.

En la oficina, Román parecía dispuesto a seguir insistiendo. Para Clara era difícil mantenerse firme en su decisión, teniendo en cuenta que aún no estaba muy convencida. Se disculpó. Él insistió una vez más.

—De veras que lo siento, pero es una buena amiga. Además, tengo otras razones para asistir a su fiesta.

Él debió notarle su falta de entusiasmo, porque de repente le sugirió:

–¿Y si adelantamos la celebración de la oficina? Seguro que puedo arreglarlo.

Ella sonrió y él salió corriendo de su despacho. Al final de la tarde, le confirmó que lo celebrarían el viernes en el mismo sitio, a la misma hora.

–Ahora no te puedes negar –le dijo. Ella volvió a sonreír.

Clara se cubría de verde turquesa el párpado del ojo derecho cuando oyó a Aurelio desde el baño despedirse de Andrea y dar un portazo. Se estremeció.

Pablo apareció en la puerta y quiso saber dónde iba. Ella le contestó que a una celebración con unos compañeros del trabajo.

–¿Por qué se ha enfadado el tío? –preguntó él. Ella le miró sin saber qué decirle–. No está enfadado –dijo e intentó sonreír. Él ladeó la cabeza; no se conformaría con una mentira–. Creo que no quiere que me vaya –le respondió por fin. Pablo se acercó y le dio un beso.

–Pásalo bien, mamá –dijo.

Clara se quedó mirando la puerta del baño con un nudo en la garganta. Su hijo estaba madurando demasiado deprisa. Una lágrima verduzca le resbaló por la mejilla. Se secó con un pañuelo de papel frente al espejo, dejando al descubierto un profundo trazo incoloro. Ahora tendría que comenzar de nuevo: desmaquillarse y volver a colorear las mejillas, las pestañas y los párpados. O podría intentar arreglarlo. Entonces se detuvo un instante, con la brocha en la mano y pensó en por qué se empeñaba siempre en arreglarlo todo. Por qué no se decidía a desdeñar lo que no funcionaba y comenzaba de nuevo. Después de todo lo vivido, por qué debía sentir miedo de un futuro incierto y no de un presente nocivo. Resolvió que debía tomar una decisión.

Al volver de la fiesta, de madrugada, vio que Aurelio tenía aún la luz de la habitación encendida. Apareció despeinado en el pasillo.

—Hueles a tabaco —le dijo.

Ella hizo ademán de marcharse a su habitación, pero él agarró con firmeza su brazo y con la otra mano le acarició la cara.

—Te quiero —le dijo acercándose para abrazarla.

Ella se dejó, pero esta vez no sintió nada.

—Te quiero —le repitió él.

Clara se apartó para mirarlo a los ojos. A pesar de lo mucho que le habían gustado esas palabras —que sonaban diferentes a cuando las pronunciaban sus hijos—, de repente supo que no eran más sinceras que las de ellos y, sobre todo, que no eran imprescindibles.

Entonces, se dirigió al armario de su habitación, sacó las dos maletas de cuadros azules que había traído Aurelio y las puso delante de él, en el pasillo.

—¿Qué significa esto? —preguntó sorprendido.

—No tiene por qué ser ahora; esta noche puedes quedarte a dormir —le dijo Clara antes de marcharse a su habitación.

Acostada en la cama estiró los brazos en cruz, ocupando todo el espacio. Permaneció en esa posición durante un tiempo, escuchando ruidos secos en el otro dormitorio, unos pasos que se dirigían hacia la puerta principal, que se abrió y cerró de golpe. Después, silencio.

Clara concilió el sueño enseguida con el esbozo de una sonrisa en los labios.

Sonia Arranz Moreno (Madrid, 1973). Licenciada en Filología Inglesa y con estudios en la licenciatura de Lingüística en la Universidad Autónoma de Madrid. Realizó el Master en Escritura Creativa de la Universidad Complutense de Madrid y en la actualidad cursa el Doctorado en Estudios Literarios de dicha universidad. Ha publicado relatos en la antología *Nada Normal*, editado por el Taller de Escritura de Madrid, aunque su verdadera pasión es ser novelista.

KOLIMA
BOOKS